0레벨
플레이어

0레벨 플레이어 7

2022년 8월 8일 초판 1쇄 인쇄
2022년 8월 11일 초판 1쇄 발행

지은이 송치현
발행인 김정수 강준규

기획 이기헌 왕소현 박경무 강민구 조익현
책임편집 이정규
마케팅지원 이원선

발행처 (주)로크미디어
출판등록 2003년 3월 24일
주소 서울시 마포구 성암로 330 DMC첨단산업센터 318호
Tel (02)3273-5135 **편집** (070)7860-2726 **Fax** (02)3273-5134
홈페이지 rokmedia.com **E-mail** rokmedia@empas.com

© 송치현, 2022

값 8,000원

ISBN 979-11-354-8007-2 (7권)
ISBN 979-11-354-7540-5 04810 (세트)

0레벨 플레이어

송치현 퓨전 판타지 장편소설

7

ROK
MEDIA

로크미디어

CONTENTS

순정마초 길드 포섭기

단.

'해주 조건이 아주 까다롭기는 하지.'

지금 당장은 강현수로서도 해주가 불가능했다.

그래서 투신갑 세트는.

'꽤 오랜 시간 애물단지로 전락했지.'

그나마.

'마법사 플레이어에게 입혀 놓고 힘 좋은 전사나 탱커 플레이어가 업고 다니는 식으로 활용했었지?'

그게 최선이었지만.

투신갑을 입고 전장에 투입된 마법사 플레이어에게는 전장의 새끼 코알라 또는 전쟁터의 새끼 원숭이 등의 불명예스러운 칭호가 생겨 버렸다.

전사나 탱커 플레이어의 등에 업혀 이동하는 모습이 꼭 어미 등에 업힌 새끼 동물을 연상시켰기 때문이다.

그래서.

'실력 있는 마법사 플레이어들의 외면을 받았지.'

버리기는 아깝고 쓰기도 애매하다.

'계륵 중에 계륵이지.'

하지만.

다른 이들에게는 몰라도.

어차피 체력 스탯이 부족해서 힘 스탯을 온전히 활용하지 못하는 강현수 입장에서는?

'이건 페널티도 아니지.'

거기다 해주가 완료되면?

'왜 갑옷 이름에 신이라는 단어가 붙었는지 제대로 증명을 해 주지.'

강현수는 현재 마룡갑을 착용 중이다.

그러나 마룡갑은 탱커 세팅의 갑옷이다.

반면 투신갑은?

'딜러 세팅의 갑옷이지.'

강현수 입장에서는 상황에 따라서.

'바꿔 입으면 그만이야.'

그리고 안 입는 갑옷은?

'소환수에게 입히면 그만이지.'

아쉬운 건 대대장급 소환수가 전부 전사형이나 마검사형이라는 점이다.

'마법사형 소환수가 확보되면 내가 안 입을 때 투신갑의 활용을 극대화할 수 있을 텐데.'

플레이어 입장에서는?

굴욕적인 칭호 때문에 거부할 수도 있지만 소환수는 아무런 상관이 없었다.

"그걸 선택하신 겁니까?"

검성 로하스 공작이 의아한 표정으로 물었다.

다른 EX랭크 아이템도 있는데 왜 굳이 페널티가 있는 아이템을 골랐다는 말인가?

"네, 딱히 마음에 드는 게 없어서요."

"알겠습니다."

검성 로하스 공작이 얌전히 입을 다물었다.

'다른 EX랭크 아이템 다섯 개를 가져가는 것보다는 페널티가 있는 저주받은 투신갑 세트를 가져가는 게 로크토 황실에게 있어 더 큰 이득처럼 보이겠지.'

로크토 제국 황실의 충신인 검성 로하스 공작의 입장에서는.

굳이 나서서 다른 게 더 낫다고 권할 필요가 없었다.

"배려에 감사드립니다."

오히려 검성 로하스 공작은 강현수에게 다시 한번 감사 인사를 했다.

강현수가 독룡의 정수를 가져간 게 미안해서 적당히 옵션이 빠지는 저주받은 투신갑 세트를 가져간 줄 알았나 보다.

'그건 큰 착각인데.'

검성 로하스 공작이 저주를 해주한 투신갑 세트의 옵션이 뭔지 알았다면?

'감사 인사가 아니라 욕설을 퍼부었겠지.'

저주를 해주한 투신갑 세트는.

'완전 사기템이니까.'

강현수가 회귀 후 최종 방어구로 생각했던 갑옷이 바로 투신갑 세트일 정도였다.

"그럼 전 이만 가 보겠습니다."

강현수가 아무런 미련 없이 로크토 제국 황실 보고를 나섰다.

그 후 곧바로 로크토 제국의 황궁을 빠져나갔다.

그리고 너무나 당연하게도.

'미행을 붙였네.'

실패할 거라는 사실을 알면서도 혹시나 하는 마음에 붙인 것 같았다.

'그럼 그냥 대놓고 눈앞에서 보여 주는 게 낫겠지.'

앞으로 괜한 인력 낭비를 하지 않도록 말이다.

강현수가 달의 그림자 스킬을 사용했다.

사라락!

강현수의 모습이 허공에 녹아들듯 사라져 버렸다.

❦

"독룡의 정수와 저주받은 투신갑 세트라."

강현수가 챙겨 간 아이템 목록을 확인한 로디우스 1세가 옅은 미소를 지었다.

"그 정도면 적당하지."

독룡의 정수가 살짝 아깝기는 했지만.

'앞으로는 권력에서 철저히 배제된 삶을 살게 될 녀석이니 크게 필요하지는 않겠지.'

그 정도는 감수할 수 있었다.

"미행은?"

"실패했습니다. 눈앞에서 연기처럼 사라졌다고 합니다."

"허허, 은신 스킬인지 공간 이동 스킬인지는 모르겠지만, 정말 대단하군."

"EX랭크 스킬일 것으로 추정됩니다."

"당연히 그렇겠지. 문제는 그런 스킬을 가진 자가 둘이나 된다는 것이고."

다크 나이트의 수장 척마혈신과 황실과의 정보 교류를 담당하고 있는 다크 나이트.

그 둘 모두 동일한 스킬을 선보였다.

문제는.

'더 많을 수도 있어.'

로디우스 1세는 복귀한 도플갱어 토벌대에게 다크 나이트의 수장 척마혈신에 대한 보고를 듣고.

다크 나이트라는 조직에 대한 기준을 대폭 상향시켰다.

"너무 심려치 마시지요. 다크 나이트는 로크토 제국의 황실과 적대할 생각이 없어 보였습니다."

"그렇기는 하지."

하나 아무리 아군이라도 어느 정도 경계는 해야 했다.

마음에 걸리는 점은.

'세실리아도 그 사실을 알아야 할 터인데.'

후계자로 내정된 세실리아는 다크 나이트의 도움을 받았다.

영혼의 계약서를 무효화시키기는 했지만.

'그래도 다크 나이트라는 조직에 대해 큰 호의를 가지고 있겠지.'

그것부터 말끔히 씻어 내야 했다.

거대한 제국을 경영하는 황제는.

'항상 의심하고 경계해야 한다.'

세실리아에게 가르쳐야 할 게 한두 가지가 아니었다.

'내게는 시간이 얼마 없다.'

세실리아를 황족으로 만들고 황태녀로 삼는 것조차 버거울 지경이었다.

'신하들의 반대도 만만치 않을 것인데.'

아들을 건너뛰고 손자도 아니고 손녀에게 직접 황위를 물려주는 전무후무한 일을 벌일 생각이다.

황제파 귀족들 중에서도 반대하는 자들이 있을 것이고.

특히.

'오공작이 격렬하게 반대를 하겠지.'

그 반대를 꺾는 것도 쉬운 일이 아닐 터였다.

하지만.

'세실리아가 중립파의 수장이다.'

황제파가 자신의 뜻에 따라 움직여 주고 중립파까지 힘을 실어 주면?

충분히 세실리아를 황태녀로 삼을 수 있을 터였다.

"앞으로 바빠지겠군. 로하스 공작, 자네가 그 아이에게 힘이 되어 주게."

"목숨을 걸고 세실리아 황태녀 전하를 보필하겠나이다."

"고맙네. 자네만 믿겠네."

아군이라고 할 수 있는 황제파의 반대가 예상되는 상황에서.

황제파의 기둥 중 하나인 검성 로하스 공작의 지지는 상당히 큰 힘이 될 것이다.

⁂

'온 김에 만나고 가자.'

황궁을 빠져나온 강현수는 레드베어길드가 있는 대도시 크레니저에 들렀다 가기로 결정했다.

레드베어길드의 길드 마스터 적염제 도르초프를 만나기 위해서였다.

'갑자기 찾아가면 놀라기는 하겠지만.'

미리 한번 찾아가겠다고 말했으니 박대하지는 않을 것이다.

강현수는 공간 이동 게이트를 통해 대도시 크레니저로 이동했다.

'확실히 귀족 신분이 있으니까 편하네.'

암왕 세실리아가 만들어 준 로크토 제국 귀족 신분 덕분에 귀찮은 절차들을 생략하고 공간 이동 게이트를 사용할 수 있었다.

'여긴가.'

강현수가 레드베어길드의 길드 하우스 건물 앞에 도착했다.

'들어가자.'

있으면 바로 만나면 그만이고.

없으면?

'올 때까지 기다리면 그만이지.'

강현수가 레드베어길드 하우스로 들어가려 하자.

"누구십니까?"

길드 하우스 문을 지키고 있던 플레이어가 제지했다.

"다크 나이트의 수장이다. 적염제를 만나러 왔다."

강현수의 말에.

"어디 우리 길드 마스터님의 칭호를 함부로 불러!"

길드 하우스 문을 지키고 있던 플레이어가 험악하게 인상을 일그러트리며 으르렁거렸다.

"그리고 우리 길드 마스터님이 아무나 찾아와서 만나고 싶다면 만날 수 있는 분인 줄 알아?"

'뭐지?'

강현수의 표정이 묘해졌다.

길드 하우스 문을 지키고 있던 플레이어가 성질을 내서가 아니었다.

'어디서 많이 본 얼굴인데?'

상대의 낯이 익었다.

'목소리도 익숙한 것 같고.'

강현수가 과거의 기억을 떠올리는 와중에.

"이게 내 말을 씹어!"

길드 하우스 문을 지키고 있던 플레이어가 불같이 화를 내며 주먹을 휘둘렀다.

휘익!

탁!

강현수가 가볍게 길드 하우스 문을 지키고 있던 플레이어의 주먹을 잡았다.

"어?"

길드 하우스 문을 지키고 있던 플레이어가 당황해 주먹을 빼내려 했지만.

당연히 꼼짝도 하지 않았다.

"이 새끼가! 너 이거 안 놔! 이익!"

길드 하우스 문을 지키고 있던 플레이어가 주먹을 빼내기 위해 힘을 쏟는 순간.

탁!

강현수가 손을 놓아줬다.

그러자.

털썩!

길드 하우스 문을 지키고 있던 플레이어가 그대로 엉덩방아를 찧었다.

"넌 이제 죽었다! 이 개새끼야!"

길드 하우스 문을 지키고 있던 플레이어가 분노해서 마구잡이로 강현수에게 주먹을 휘둘렀다.

강현수는 한 손으로 그 공격을 가볍게 막아 냈고.

그러던 와중에.

"아!"

강현수의 머릿속에 드디어 길드 하우스 문을 지키고 있던 플레이어가 누구인지 떠올랐다.

'광혈제 이고르.'

레드베어길드의 돌격대장.

'직책은 돌격대장이지만.'

무력은?

'레드베어길드의 길드 마스터 적염제 도르초프와 맞먹는 괴물이지.'

괜히 제의 칭호를 가진 게 아니다.

'이때부터 분노 조절 장애를 가지고 있었구나.'

괜히 광혈제라는 칭호가 붙은 게 아니었다.

그리고 대부분의 사람들은 광혈제라는 칭호보다.

'광견제나 광석제라고 많이 불렀지.'

왜?

'미친 짓을 셀 수 없이 저질렀으니.'

거기다.

'머리도 돌이지.'

평소 행실이 딱 미친개 같았다.

그것도 머리 나쁜 미친개.

'마치 지금처럼.'

"죽어! 죽으라고!"

광혈제 이고르가 미친 듯이 공격을 퍼부었다.

첫 번째 공격이 막히는 순간, 강현수가 자신보다 강하다는 사실을 알아차렸을 텐데도 공격에 거침이 없었다.

강현수가 검을 뽑는 대신.

검집을 잡았다.

'미친개한테는.'

몽둥이찜질이 특효약이다.

휘익!

퍼억!

검집이 광혈제 이고르의 머리를 강타했다.

"큭!"

돌머리답게 쉽게 쓰러지지 않았다.

오히려.

"으아아아!"

광혈제 이고르가 고함과 함께 달려들었다.

퍼퍼퍼퍽!

강현수가 연속적으로 검집을 휘둘렀고.

광혈제 이고르는 강현수가 휘두르는 검집에 무참히 두들겨 맞을 수밖에 없었다.

잠시 후.

퍼억! 퍼억! 퍼억!

레드베어길드 하우스 앞에는 강현수가 매타작하는 소리
와.

"악! 아악! 아파! 너무 아파!"

광혈제 이고르의 구슬픈 비명 소리가 울려 퍼졌다.

"이게 무슨 일이야?"

광혈제 이고르의 비명 소리를 들은 레드베어길드 하우스
에서 플레이어들이 우르르 쏟아져 나왔다.

"저놈은 왜 또 처맞고 있어?"

"또 미친 짓을 했겠지."

"근데 누가 저 또라이 놈한테 길드 하우스 경비 맡겼어?"

"아, 화장실 다녀올 동안 잠깐 부탁한 건데! 그 잠깐 사이
에 사고를 쳤네!"

"일단 말려."

레드베어길드 간부들이 강현수에게 다가왔다.

"저 녀석이 실수를 한 모양이군. 그래도 그쯤 하지?"

상대의 말에 강현수가 검집을 멈췄다.

그 순간.

타악!

방금 전까지 죽겠다고 비명을 지르던 광혈제 이고르가 강
현수를 향해 달려들며 주먹을 휘둘렀다.

퍼퍼퍽!

이에 강현수가 다시금 검집을 휘둘러 광혈제 이고르를 두들겨 팼다.

"보다시피 멈추고 싶어도 멈출 수가 없어서 말이야."

강현수의 대답에 레드베어길드의 간부가 머리를 쥐어뜯었다.

"일단 멈추면 다시 달려들지 않게 우리가 말릴……."

빠악!

그때 무언가가 터지는 소리와 함께.

털썩!

광혈제 이고르가 게거품을 물고 힘없이 바닥을 나뒹굴었다.

"어?"

적당히 힘 조절을 하면서 두들겨 패고 있다고 생각했는데.

'실수로 힘이 너무 많이 들어갔네. 죽으면 곤란한데.'

광혈제 이고르는 돌머리에 미친놈이었지만.

'실력만큼은 진짜야.'

그렇기에.

'마왕군과의 전쟁에서 큰 도움이 된다.'

거기다.

'의리에 살고 의리에 죽는 놈이기도 하지.'

그렇기에 한번 사람을 믿으면?

끝까지 믿는다.

'그건 지금도 마찬가지겠지.'

강현수에게 앞뒤 안 가리고 덤벼든 이유는?

'내가 적염제 도르초프를 언급해서야.'

적당히 훈육만 하면?

마왕군과의 전투에서 훌륭한 돌격대장이 되어 줄 것이다.

"저 녀석 머리가 터졌어!"

"당장 힐러 불러와!"

레드베어길드 소속 플레이어들이 야단법석을 떨었다.

화아아악!

그때 강현수가 광혈제 이고르에게 불멸의 성화 스킬을 사용했다.

"으으으!"

상처가 치유된 광혈제 이고르가.

"너 이 자식!"

다시금 강현수에게 덤벼들었다.

빠악!

그래서 다시 후려쳤다.

"퀵!"

기절했다.

화아아악!

그러나 도트 힐 스킬인 불멸의 성화 효과로 인해 금방 정신을 차렸다.

"죽어!"

다시 덤벼들었고.

빠악!

기절했다.

이런 일이 30번쯤 반복되자.

"으으으."

천하의 광혈제 이고르가.

공포에 질린 눈빛으로 강현수를 바라볼 뿐.

더 이상 덤벼들지 못했다.

'역시 미친개한테는 몽둥이찜질이 약이라니까.'

학습 능력이 눈곱만큼도 없던 녀석에게.

강제로 학습 능력을 심어 주었다.

"어이."

그때 레드베어길드 소속 플레이어 하나가.

"그런데 도대체 누구시길래 감히 우리 대레드베어길드의 길드 하우스 앞에서 소속 길드원을 두들겨 팬 거냐?"

적대감이 가득 담긴 눈빛으로 강현수를 노려보며 물었다.

광혈제 이고르.

아직 광혈제라는 칭호를 손에 넣지는 못했지만.

레드베어길드 내부에서 슈퍼 루키 취급을 받고 있었다.

뛰어난 실력과 포기를 모르는 더러운 성질머리 때문에 레드베어길드 내에서도 미친개로 통하는 이고르는.

길드 마스터인 적염제 도르초프를 제외하면 컨트롤이 불가능한 존재였다.

한데 그런 이고르를 어린아이 다루듯 손쉽게 제압해 공포라는 감정을 심어 주다니?

'최소 랭커 플레이어다.'

어쩌면 네임드 플레이어일 수도 있다.

하지만.

이곳은 레드베어길드가 지배하는 대도시 크레니저였다.

자신의 안방 같은 곳에서.

그것도 길드 하우스 앞에서.

소속 길드원이 정체를 알 수 없는 이에게 개처럼 두들겨 맞았다.

레드베어길드 소속 플레이어들의 입장에서는.

엄청나게 큰 망신이었고.

당연히 화가 날 수밖에 없었다.

아무리 미친놈이더라도.

미우나 고우나 같은 길드원 아니겠는가?

"아까 저 녀석에게 말했었는데?"

강현수의 대답에.

레드베어길드 소속 플레이어의 눈이 이고르에게 향했다.

"다, 뭐시기의 수장이라고 했었는데."

이고르의 대답에 레드베어길드 소속 플레이어가 얼굴을 찌푸렸다.

"타 길드의 길드 마스터 같은데, 일을 너무 크게 벌였다고 생각하지 않아?"

적은 아니라고 판단했다.

적이었다면?

자살할 생각이 아니고서야 대낮에 당당하게 홀로 레드베어길드의 길드 하우스로 쳐들어오지는 않았으리라.

거기다 미친 듯이 덤벼들었던 이고르가 멀쩡하게 살아 있을 수가 없었다.

하지만.

아무리 그래도 이건 그냥 넘길 수가 없었다.

'타 길드의 길드 마스터라도 이건 선을 넘은 거지.'

건방지게 어디 감히 대레드베어길드 하우스 앞에서 길드원을 두들겨 팬단 말인가?

레드베어길드는 로크토 제국 내에서도 다섯 손가락 안에 들어가는 초거대 길드 중 하나였다.

거기다 길드 마스터인 도르초프는 무려 적염제라는 칭호를 가지고 있었다.

중화길드, 발해길드, 고려길드같이 각 왕국의 거대 길드의 길드 마스터라고 해도.

감히 레드베어길드의 길드 하우스 앞에서 이런 무례를 저지를 수는 없다.

"적염제를 만나러 왔다고 하니까, 저 녀석이 갑자기 덤벼들어서 말이야. 망신을 준 건 미안하게 생각한다. 그럴 의도는 아니었다."

강현수의 기계적인 답변에.

빠직!

레드베어길드 소속 플레이어들의 분노가 폭발했다.

"어디 감히 우리 길드 마스터님 칭호를 함부로 불러! 너, 죽고 싶어!"

"미안하게 생각해? 그럴 의도는 아니었어? 너 지금 그걸 변명이라고 하는 거냐!"

"그따위 변명을 하고 감히 살아 돌아갈 수 있을 거라고 생각하냐!"

잔뜩 흥분한 레드베어길드 소속 플레이어들이 투기를 줄줄 뿜어내며 목소리를 높였다.

"아!"

레드베어길드 소속 플레이어들의 반응에 강현수가 작은 탄성을 토해 냈다.

광혈제 이고르 때문에 깜빡했는데.

'레드베어길드 놈들이 원래 이런 성향이었지.'

길드 마스터인 적염제 도르초프의 열렬한 추종자들로 이루어진 길드.

전체적으로 성격 급한 마초들로 이루어져 있는 길드.

마법사나 힐러 계열 플레이어보다 전사와 탱커 계열 플레이어의 비중이 압도적으로 높은 길드.

'이러다 이놈들을 다 때려눕혀야 할 수도 있겠네.'

일단 저놈들을 진정시키려면 다크 나이트의 수장이라는 신분을 밝혀야 할 것 같았다.

"나는 다······."

강현수가 다시금 자기소개를 하려는 순간.

"이게 도대체 무슨 소란이야!"

쩌렁쩌렁한 외침과 함께.

레드베어길드의 길드 마스터 적염제 도르초프가 모습을 드러냈다.

"길드 마스터를 뵙습니다!"

레드베어길드 소속 플레이어들이 일제히 고개를 숙여 적염제 도르초프에게 인사를 했다.

그 후.

"어떤 놈이 길드 하우스 앞에서 이고르를 피 떡으로 만들어 놨습니다."

"타 길드의 길드 마스터인 것 같은데, 건방지게 길드 마스터의 칭호를 찍찍 부르지 않습니까?"

"길드 마스터를 만나러 왔다고 하는데, 그럼 예의를 갖추어야지. 너무 건방집니다."

"우리 레드베어길드를 얼마나 만만하게 봤기에 이따위로 행동한다는 말입니까?"

레드베어길드 소속 플레이어들이 엄마, 아빠에게 고자질하는 어린아이처럼 강현수의 언행을 일러바쳤다.

"타 길드의 길드 마스터? 오늘은 날 찾아올 사람이 없는데?"

적염제 도르초프가 고개를 갸웃거렸다.

"그럼 약속도 없이 찾아와 감히 길드 마스터님의 칭호를 부르며 나오라고 한 겁니까?"

"이런 건방진 놈!"

"제가 당장 피 떡으로 만들어 버리겠습니다!"

레드베어길드 소속 플레이어들이 얼굴을 붉게 물들이며 강현수를 노려봤다.

"도대체 누구이기……?"

소란을 일으킨 타 길드의 길드 마스터를 보기 위해 고개를 돌린 적염제 도르초프의 몸이 돌처럼 굳어졌다.

혀까지 굳어 말문이 막혔다.

화려한 흑룡 장식이 일품인 전신 갑주의 주인이 누구인지 알고 있었기 때문이다.

아니, 그때의 기억이 화인처럼 남아 잊고 싶어도.

도저히 잊을 수가 없었다.

상상하기조차 힘든 마기를 뿜어낸 마계 귀족을 홀로 상대한 자.

다크 나이트의 수장.

척마혈신.

"전에 만났을 때 한번 찾아간다고 했었지?"

척마혈신의 목소리가 적염제 도르초프의 귓가를 울렸다.

확실했다.

목소리마저 똑같았다.

"왜, 까먹었나?"

척마혈신의 까먹었냐는 말을 듣는 순간, 적염제 도르초프
는 정신이 번쩍 들었다.

그래서 재빨리 허리를 숙이고 인사를 한 다음 입을 열려는
순간.

"이 건방진 새끼가 어디 우리 길드 마스터님한테 반말이
야! 반말이!"

"너 진짜 죽고 싶어!"

"이거 미친놈 아니야?"

"얼마나 황당하면 길드 마스터께서 말문이 막히셨겠냐
고!"

레드베어길드 소속 플레이어들이 막말을 토해 내며.

스르릉!

칼을 뽑아 들고.

콰콰콰콰!

마력을 끌어 올렸다.

"히익!"

적염제 도르초프의 얼굴에서 핏기가 싹 사라졌다.

"야! 이 미친놈들아!"

척마혈신이 마음만 먹으면.

"당장 그 입 닥치지 못해!"

저놈들은 순식간에 한 줌의 핏물로 변해 버린다.

"저분이 감히 뉘신 줄 알고!"

그건 막아야 했다.

퍼억!

적염제 도르초프가 검을 뽑아 든 레드베어길드 소속 플레이어의 머리통을 후려쳤다.

"어디 건방지게 칼을 뽑아!"

그리고.

퍼억! 퍼억! 퍼억!

"당장 무기 집어넣고 마력 갈무리하지 못해!"

재빨리 다른 레드베어길드 소속 플레이어들을 두들겨 패 무력 진압했다.

그 후.

"그간 강녕하셨습니다. 그때 하신 말씀은 당연히 기억하고 있습니다. 미리 연락을 주셨으면 제가 직접 마중을 나갔을 텐데요."

"로크토 제국에 들를 일이 있어 온 김에 찾아온 것뿐이다. 미리 연락을 주지 못한 건 미안하군. 그럴 여유가 없었다."

"아, 그러셨군요. 뭐, 충분히 그러실 수 있죠, 하하하! 그런데 길드원들이 무례를 범한 모양입니다."

"신분을 밝히고 적염제를 만나러 왔다고 하니까 경비를 서던 길드원 하나가 다짜고짜 덤벼들더군. 그래서 일단 때려눕혔다. 미안하군."

"하하하, 아닙니다. 충분히 그러실 수 있죠. 그런데 그 미친, 아, 죄송합니다. 무례한 짓을 저지른 놈이 누굽니까?"

"저놈인데?"

강현수가 초점이 풀린 멍한 눈으로 자신과 적염제 도르초프를 바라보고 있는 광혈제 이고르를 가리켰다.

'저 미친놈이 기어이 사고를 쳤구나.'

적염제 도르초프는 머리가 깨질 것 같았다.

다크 나이트의 수장이라는 신분을 밝혔으면 얌전히 안내나 할 것이지 다짜고짜 공격이라니.

"저놈이 원래 제정신이 아닙니다. 그러하니 부디 너그럽게 이해해 주십시오."

"그러지. 그런데 다른 길드원들이 저놈을 때려눕혔다고 단체로 난리를 쳐서 말이야."

"하하하, 그랬군요! 제가 대신 사과드리겠습니다."

적염제 도르초프가 호탕하게 웃으며 레드베어길드 소속

플레이어들에게 재빨리 무릎 꿇고 싹싹 빌라는 안구 신호를
보냈다.

그러나.

"도대체 저놈이 누군데 길드 마스터가 저렇게 납작 엎드리
는 거야?"

"그러게."

"혹시 위험한 놈이라 우릴 걱정해서 저러시는 거 아니야?"

육체파 마초들만 모여 있는 레드베어길드 소속 플레이어
들은 적염제 도르초프의 안구 신호를 전혀 알아듣지 못했다.

"이놈들아, 얼른 척마혈신 님께 사과드리지 못해!"

결국 참다못한 적염제 도르초프가 빽 하고 소리를 질렀다.

"척마혈신?"

"다크 나이트의 수장이잖아!"

레드베어길드 소속 플레이어들의 안색이 창백해졌다.

무려 신의 칭호를 가진 플레이어에게 무례를 범하는 수준
을 넘어서.

'건방진 새끼라고 했는데.'

욕설을 하고.

'죽여 버린다는 말은 하지 말걸.'

협박을 했으며.

'나 아까 칼 뽑았는데. 죽을 뻔했네.'

무기까지 뽑아 들었다.

"죄송합니다!"

"다 저희 잘못입니다!"

레드베어길드 소속 플레이어들이 일제히 고개를 숙였다.

육체파 마초들이기는 하지만.

다 돌대가리만 있는 건 아니었다.

또 아틀란티스에서 오래 굴러먹은 이들이기에.

그 누구보다도 힘의 논리를 잘 이해하고 있었다.

그리고 자신보다 강자에게 머리 숙이는 걸 크게 부끄럽게 생각하지 않았다.

"저놈들도 반성하고 있는 것 같은데 한 번만 용서를 해 주시면……."

적염제 도르초프의 애원에.

"알았다."

강현수가 재빨리 용서를 해 줬다.

'토할 거 같아.'

항상 카리스마 넘치고 상남자, 마초 같은 모습을 보여 주던 적염제 도르초프가 두 눈을 초롱초롱하게 뜨고 하는 애원은.

'차마 눈 뜨고 볼 수가 없어.'

인지 부조화가 오면서 속이 메슥거렸다.

"일단 들어가시죠."

적염제 도르초프의 말에 강현수가 고개를 끄덕이며 그 뒤를 따랐다.

그런 강현수의 귀에.

"이야, 역시 강한 분답게 통이 크시네!"

"그러게. 난 마계 귀족을 홀로 때려잡았다는 말을 들었을 때부터 호탕하신 분일 줄 알았다니까."

"근데 나는 길드장님이 납작 엎드렸다는 말이 헛소문인 줄 알았는데."

"나도 헛소문인 줄 알았어."

"근데 진짜였네."

"그러게 말이야."

"길드장님도 강자 앞에서는 우리랑 똑같구나."

"그러면서 우리 앞에서만 무게 잡고 말이야."

시끄럽게 떠드는 레드베어길드 소속 플레이어들의 말이 고스란히 들려왔다.

하지만 그들의 말소리는 강현수의 귀에만 들리는 게 아니었다.

레드베어길드의 길드 마스터인 적염제 도르초프의 귀에도 다 들렸다.

으드득!

적염제 도르초프가 이를 악물었다.

그와 동시에 적염제 도르초프의 얼굴이 마치 잘 익은 토마토처럼.

'새빨개졌네.'

레드베어길드 소속 플레이어들의 말과 행동이 부끄러운 것 같았다.

'괜찮은데.'

강현수는 적염제 도르초프를 비롯한 레드베어길드 소속 플레이어들과 생사고락을 함께한 경험이 있었다.

그렇기에 레드베어길드의 성향을 그 누구보다도 잘 알고 있었다.

'아까는 너무 오랜만이라 깜빡했지만.'

오히려 그들의 언행으로 인해 회귀 전의 기억이 되살아났다.

그래서.

'좋네.'

레드베어길드와 함께했던 기억은.

강현수에게 있어 회귀 전 얼마 되지 않는 좋은 추억이었다.

회귀 전의 향수가 떠오르며 뭉클한 감정이 치솟았다.

적염제 도르초프와 광혈제 이고르를 비롯한 레드베어길드 소속 플레이어들은.

'얼핏 보면 바보 또는 정신 나간 미친놈들처럼 보이지만.'

자세히 들여다보면 그 누구보다도 여리고 정도 많은.

'따뜻한 마음을 가진 녀석들이지.'

거기에 지치지 않는 열정과 뜨거운 심장.

결정적으로 약자를 지키고자 하는 정의를 품고 있다.

물론.

광혈제 이고르처럼.

'진짜 미친놈들도 꽤 섞여 있기는 하지.'

그러나 적염제 도르초프의 눈물겨운 컨트롤 덕분에 나름 잘 커버가 됐다.

하지만.

마왕군과의 전면전이 최고조로 치달을 무렵.

'다 죽었지.'

그것도 적군이 아닌 아군의 함정에 빠져서.

'살려면 살 수 있었을 텐데.'

힘없는 일반인들을 지키기 위해 장렬히 산화했다.

"한데 무슨 일로 저를 찾아오신 건지?"

적염제 도르초프가 의아한 표정으로 강현수에게 물었다.

"너 살려 주려고."

강현수가 자신도 모르게 툭 하고.

마음속에 있던 진심을 내뱉었다.

"예? 그게 무슨 말씀이신지?"

적염제 도르초프가 '저게 무슨 헛소리지?' 하는 눈빛으로 강현수를 바라봤다.

"넌 마왕군과의 전쟁에서 죽는다. 또 레드베어길드 소속 플레이어들도 전멸하지."

강현수가 차분한 표정으로 회귀 전 벌어졌던 일을 언급했다.

'원래는 적염제 도르초프가 원하는 걸 돕겠다고 말하면서 친분을 쌓고 그 후 알려 줄 생각이었는데.'

이왕 말이 나왔으니.

선후를 뒤집을 수밖에 없었다.

"저랑 길드원들이 마왕군과의 전쟁에서 다 죽는다고요?"

적염제 도르초프가 의구심 가득한 목소리로 물었다.

'이게 무슨 개소리야?'

친분도 없는 사람이 갑자기 찾아와 '너 죽음.', '너네 길드원도 다 죽음.'이라고 말하면?

당연히 의심이 갈 수밖에 없다.

그렇게 말한 상대가 강현수만 아니었다면?

당장 주먹이 날아갔을 것이다.

"우리 다크 나이트가 미래 예지 스킬 보유자를 데리고 있다는 소문을 듣지 못했나?"

"그게, 듣기는 했지만."

그리 신뢰하지는 않았다.

헛소문일 확률이 높다고 생각했기 때문이다.

"정말 미래 예지 스킬 보유자를 데리고 있는 겁니까?"

"그렇다."

"그 미래 예지 스킬을 통해 저랑 길드원들이 전멸하는 미래를 봤고요?"

"정확하다."

"으흠."

"믿기 힘든 모양이군."

"솔직히 그렇습니다. 그리고 설사 다크 나이트가 진짜 그런 스킬을 보유하고 있다고 해도 진실만을 말한다는 보장이 없지 않습니까?"

정확했다.

강현수는 지금까지 회귀 전의 정보를 자신에게 유리한 쪽으로만 활용했다.

굳이 거짓을 말한 적은 없지만.

'몇 가지를 뺀 적은 많지.'

대표적으로 로디우스 1세에게 로크토 제국의 멸망을 이야기하면서 세실리아의 존재를 감춘 것처럼 말이다.

"그럼 이게 있으면 믿을 수 있겠나?"

강현수가 품에서 작은 종이 한 장을 하나를 꺼내 들었다.

"진실의 서약?"

지구에 있는 거짓말 탐지기 같은 역할을 하는 아이템이었다.

하지만 그 신뢰도는.

'거짓말 탐지기랑은 하늘과 땅 차이지.'

지구의 거짓말 탐지기는?

쉽지는 않지만 어쨌든 속이는 게 가능했다.

또 긴장을 한 상태라면?

'정확도가 떨어지지.'

그러나 진실의 서약은.

상대의 말이 진실인지 거짓인지 100% 감별해 준다.

당연히 그만큼 비싸고.

'한번 쓰면 끝인 소모성 아이템이지.'

당연히 구하기도 쉽지 않은 물건이었다.

"이걸 사용한 후 허심탄회하게 이야기를 나눠 보자고."

강현수의 제안에.

"좋습니다."

적염제 도르초프가 순순히 고개를 끄덕였다.

사실 무례라고 생각해 제안하지 못했을 뿐.

적염제 도르초프 역시 강현수의 말이 진실인지 거짓인지 알고 싶기는 했다.

'내가 죽는다고 했어.'

거기다 한 식구인 레드베어길드 소속 플레이어들이 전멸한다는 말까지 들었다.

적염제 도르초프의 입장에서는 당연히 가볍게 흘려들을 수가 없었다.

그런 상황에서 상대가 먼저 진실의 서약을 꺼내 들었으니.

'무조건 진실을 확인해야지.'

그리고 강현수의 말이 맞다면?

그런 미래를 피할 수 있는 방법을 찾아야 했다.

"내가 먼저 찍지."

강현수가 손가락에 작은 상처를 내 피를 낸 후 지장을 찍었다.

"저도 찍겠습니다."

적염제 도르초프가 손가락에 작은 상처를 낸 후 피로 지장을 찍었다.

화악!

강현수와 적염제 도르초프의 지장이 찍힌 진실의 서약이 밝은 빛무리로 변해 두 사람의 몸에 스며들었다.

강현수와 적염제 도르초프의 몸에서 푸른 빛이 뿜어져 나왔다.

"다크 나이트에는 미래 예지 스킬의 보유자가 속해 있다."

강현수가 말에도 푸른 빛은 변화가 없었다.

"진짜였군요."

적염제 도르초프가 얼굴을 찌푸렸다.

"그럼 제가 죽고 길드원들이 전멸하는 건?"

"마왕군과의 전쟁에서 네가 전사하고 레드베어길드 소속 플레이어들 역시 전멸한다는 것 역시 사실이다."

강현수가 말을 마쳤지만.

푸른 빛은 여전히 변화가 없었다.

"돌겠네."

적염제 도르초프가 자신의 말끔한 민머리를 감싸 쥐었다.

그러더니 갑자기.

"나는 머리카락이 풍성하다."

헛소리를 했다.

화악!

그 순간 적염제 도르초프의 몸을 휘감고 있던 푸른 빛이 붉은 빛으로 바뀌었다.

"진품이네."

"혹시 내가 가지고 온 진실의 서약이 가짜라고 생각했나?"

"그런 게 아니고……."

거짓말을 하려 했지만.

몸에 서린 붉은 빛 때문에 실패했다.

"사실 맞습니다."

진심을 토해 내자 붉은 빛이 푸른 빛으로 바뀌었다.

"난 진심으로 너와 레드베어길드 소속 플레이어들을 살리고 싶다."

적염제 도르초프가 강현수를 유심히 살폈다.

하지만 강현수의 몸을 휘감고 있는 건 붉은 빛이 아니라 푸른 빛이었다.

"왜 저와 레드베어길드를 살리고 싶으신 겁니까?"

적염제 도르초프가 의문 가득한 눈빛으로 강현수에게 물었다.

냉정하게 말해서 다크 나이트와 레드베어길드는 아무런 연관이 없다.

굳이 찾아와 미래의 정보를 알려 주면서까지 적염제 도르초프와 레드베어길드를 도울 필요가 없는 것이다.

"너와 레드베어길드 소속 플레이어들은 그렇게 사라지기에는 너무 아까운 전력이니까."

"우리가 살아남아야 다크 나이트의 목적을 이루기 수월해진다는 거군요."

"그렇다."

"다크 나이트의 목적은 마왕군과의 전쟁에서 승리하는 거겠죠?"

"그래야 지구로 귀환할 수 있으니까."

강현수의 말에 적염제 도르초프의 얼굴이 의문으로 물들었다.

"다크 나이트는 아틀란티스 차원의 원주민들이 만든 조직이 아니었습니까?"

강현수는 탈리만 남작과 싸울 때 이중으로 야수화 스킬을 사용했고.

적염제 도르초프 역시 그 광경을 목격했다.

거기다 지금 강현수는 아틀란티스 차원 공용어를 사용하

고 있었다.

그렇기에 적염제 도르초프는 당연히 다크 나이트를 아틀란티스 차원의 원주민들이 주축이 되어 만든 길드라고 생각했다.

"아틀란티스 차원의 원주민도 속해 있기는 하지만, 나를 포함한 주력 구성원은 지구 출신 플레이어들이다."

"척마혈신 님이 지구 출신 플레이어란 말입니까?"

"맞아."

적염제 도르초프가 강현수를 바라봤지만.

푸른 빛이 붉은 빛으로 변하는 일은 없었다.

"진짜군요."

"난 지구로 돌아가고 싶다. 넌 어떻지?"

강현수의 물음에.

"저도 당연히 지구로 돌아가고 싶습니다."

적염제 도르초프가 1초의 망설임도 없이 대답했다.

"하지만 우리와 다른 생각을 가지고 있는 이들도 많아."

"그렇기는 하죠."

아틀란티스 차원 원주민들의 견제를 걱정해 겉으로 티는 내지 않지만.

지구 귀환을 원치 않는 이들도 적지 않다.

"다크 나이트는 지구로의 귀환을 원하는 플레이어들과 아틀란티스 차원을 지키고 싶은 원주민들로 이루어져 있다."

"정말 이상적인 조직이군요."

"다크 나이트에 들어오지 않겠나?"

강현수의 권유에.

"으흠."

적염제 도르초프가 고심에 들어갔다.

'고민이 될 수밖에 없겠지.'

왜냐하면.

'회귀 전 지구로의 귀환을 원하는 플레이어들의 연합을 만든 사람이 바로 적염제 도르초프니까.'

적염제 도르초프와 레드베어길드가 아군의 함정에 빠져 목숨을 잃은 이유 역시 그 때문이었다.

지구 귀환을 원하는 플레이어 연합이 존재했던 만큼.

'지구 귀환을 원하지 않았던 플레이어 연합도 있었지.'

그들은 겉으로는 아군인 척 위장하고 있었지만.

실제로는 적이나 마찬가지인 자들이었다.

"다크 나이트에 들어가겠습니다."

고심 끝에 적염제 도르초프가 다크 나이트의 입단을 결정했다.

훗날 힘을 키운 후 만들려던 조직이 이미 만들어져 있고.

그 조직의 장이 무려 신의 칭호를 가진 인물이다.

'진실의 서약으로 진심이라는 것도 확인했으니.'

들어가지 않을 이유가 없었다.

단.

어느 정도의 확인 절차는 필요했다.

"다크 나이트에 속하게 되면 무조건 명령에 따라야 하는 겁니까?"

"그건 아니다. 너의 자의로 판단할 수 있다."

"그럼……."

계속해서 문답이 이어졌다.

그러던 중.

"탈퇴는 자유롭게 가능한 겁니까?"

드디어 올 것이 왔다.

"내 직업 스킬을 사용한 것이기에 한번 가입하면 영구적으로 탈퇴가 불가능하다."

"으흠, 직업 스킬이라면 가이아 시스템으로 묶여 있다는 건데, 그럼 죽지 않는 한 벗어날 수 없겠군요."

"탈퇴는 불가능하지만 다크 나이트의 목적이 변질된다면 너의 자유를 보장해 주겠다. 원한다면 영혼의 계약서를 작성해도 무방하다."

강현수로가 제시할 수 있는 최고의 조건이었다.

"저를 다크 나이트에 입단시켜 주시지요. 단 영혼의 계약서 따위는 필요 없습니다."

적염제 도르초프의 말에 강현수가 적잖이 놀랐다.

"영혼의 계약서가 필요 없다고?"

"네."

"왜지?"

"다크 나이트 같은 조직까지 등을 돌린 상황이라면, 희망이 남아 있을까요? 거기다 척마혈신 님은 죽을 운명이던 저와 레드베어길드의 목숨을 구해 준 생명의 은인 아닙니까? 척마혈신 님을 믿지 못한다면 누굴 믿겠습니까?"

진실의 서약을 통해 강현수가 진심으로 자신과 레드베어길드 소속 플레이어들을 살리려 한다는 것을 확인했다.

아직 일어난 일은 아니지만.

'생명의 은인은 은인이지.'

강현수가 찾아오지 않았다면?

미래의 자신과 레드베어길드 소속 플레이어들은 모두 죽었을 테니까 말이다.

"알겠다."

강현수가 화염의 기사를 대대장에서 중대장으로 강등시키고 적염제 도르초프를 상대로 지휘관 임명 스킬을 사용했다.

[플레이어 강현수가 지휘관 임명 스킬을 사용했습니다. 수락하시겠습니까?]

[예] [아니오]

적염제 도르초프가 예를 선택했다.

[대대장으로 임명되셨습니다.]
[모든 스텟이 15% 증가합니다.]
[지휘관의 축복 스킬을 사용할 수 있습니다.]
[대대장의 시선 스킬을 사용할 수 있습니다.]
[대대장의…….]
……후략……

"이게 무슨?"
적염제 도르초프는 소스라치게 놀랐다.
모든 스텟이 무려 15%나 증가했다.
어디 그뿐인가?
새로운 스킬들이 잔뜩 생겼다.
'지휘관의 축복.'
강현수가 A랭크인 지휘관의 축복까지 사용하자.

[지휘관의 축복을 받으셨습니다.]
[모든 스텟이 25% 증가합니다.]

적염제 도르초프의 모든 스텟이 40% 증가했다.
"이럴 수가!"
왕의 칭호를 가진 검왕 장석원이나 인의군왕 신창후도 지
휘관 임명과 지휘관의 축복을 받고 엄청난 전율을 느꼈다.

0래벡
플레이어

한데 그 두 사람보다 한 단계 윗급인 적염제 도르초프의 경우.

검왕 장석원이나 인의군왕 신창후보다 월등히 많은 스텟이 증가했고.

"정말 어마어마하군요."

당연히 버프의 힘을 더 크게 실감할 수밖에 없었다.

"새롭게 생긴 스킬에 대해 설명해 주지. 우선……."

강현수가 대대장의 스킬에 대한 설명을 시작했다.

사실 적염제 도르초프가 거절하면 스텟 증가 버프로 설득할 생각이었는데.

'그러기도 전에 넘어와서 말할 틈이 없었네.'

강현수의 설명이 끝나자.

"정말 좋은 스킬이군요."

적염제 도르초프의 얼굴이 싱글벙글해졌다.

"그런데 휘하 지휘관을 임명하면 어떻게 통제합니까?"

적염제 도르초프가 의아한 표정으로 물었다.

"지휘관 임명 스킬을 시전한 플레이어가 죽으면 지휘관 임명을 받은 플레이어도 죽는다. 또한 대대 소멸이라는 스킬을 사용하면, 언제 어디서든 휘하의 지휘관이나 병사를 소멸시킬 수 있다. 목숨 줄을 쥐게 되는 거지."

강현수의 설명을 들은 적염제 도르초프의 얼굴이 창백해졌다.

"그건 미리 안 알려 주셨잖습니까!"

적염제 도르초프가 빽 하고 소리를 질렀다.

"네가 안 물어봤잖아."

강현수가 뻔뻔한 표정으로 대답했다.

진실의 서약이 발동하고 있었기에 강현수도 거짓을 말할 수는 없다.

하지만.

'굳이 물어보지 않은 것까지 알려 줄 필요는 없지.'

그래서 아까 적염제 도르초프가 죽지 않는 한 벗어날 수 없다고 착각을 했을 때 굳이 정정하지 않았다.

강현수가 먼저 나서서.

'죽어도 벗어날 수 없다고 말해 줄 필요는 없으니까.'

자신이 낚였다는 사실을 알아차린 적염제 도르초프가 얼굴을 구겼다.

그러나.

"휴! 뭐, 어쩔 수 없죠."

이미 쌀이 익어 밥이 된 상황이다.

물릴 수도 없는데 난리를 쳐 봐야.

적염제 도르초프만 손해였다.

또 애초에 죽음이 아니면 탈퇴가 불가능하다고 생각하고 다크 나이트에 가입하기도 했고.

강현수가 거짓을 말한 것도 아니었으며.

어찌 되었든.

'죽을 운명을 비틀어 준 은인이니까.'

결정적으로.

이런 힘을 얻을 수 있다는 사실을 알았다면?

'결국은 넘어갔을 거야.'

전신에서 넘쳐흐르는 힘과 폭발할 듯한 마력이 주는 쾌감
은 실로 어마어마했다.

이런 기회를 마다할 수 있는 플레이어가 과연 몇이나 되겠
는가?

"앞으로 잘 부탁드립니다, 주군."

적염제 도르초프의 말에.

"나도 잘 부탁한다."

강현수가 만족스러운 미소를 지으며 대답했다.

일인사단

목적을 이룬 강현수가 테라 왕국으로 방향을 틀었다.

'몇 가지 정보를 알려 줬으니 잘 대처하겠지.'

그중에는 광혈제 이고르에 대한 정보도 있었다.

'적염제 도르초프가 신경 써서 지켜보겠다고 했으니까.'

광혈제 이고르에 대해서는 신경을 꺼도 괜찮을 것 같았다.

강현수가 로크토 제국과 테라 왕국의 국경 지대에 도착했다.

당연히 공간 이동 게이트가 개방되어 있지 않아 걸어서 이동해야 했다.

'도대체 언제 개선을 할 생각인지.'

그나마 전보다 나아져서 전시에 곧바로 활성화가 가능하

도록 만반의 준비를 해 놓기는 했지만.

'그래도 결국 양방향 활성화가 되기까지 몇 시간 정도 지연될 수밖에 없어.'

정말 긴급한 상황이 발생하면?

'오히려 도보로 이동하는 게 더 빠른 어처구니없는 상황이 발생하는 거지.'

그나마 양방향 활성화 후 추가될 지원군이 빠르게 이동할 수 있다는 게 유일한 장점이었다.

세실리아가 황제의 자리에 오르면?

'로크토 제국과 제후국 사이에 공간 이동 게이트 활성화부터 지시해야겠어.'

크르르릉!

몇몇 몬스터들이 강현수에게 덤벼들었다.

서걱!

강현수는 검을 휘둘러 가볍게 몬스터들을 베어 낸 후.

습관처럼 여단 구성 스킬을 사용했다.

저 몬스터들을 여단 병력에 포함시키기 위해서가 아니라.

직업 스킬의 숙련도를 올리기 위한 노가다의 일환이었다.

강현수는 새롭게 사냥한 몬스터들을 소환수로 만들고 소멸시키는 방식으로 직업 스킬 노가다를 지속하며 앞으로 나아갔다.

그러던 중.

[일인여단 – A랭크가 일인사단 – S랭크로 성장하였습니다.]

"어라?"

갑자기 직업 스킬이 일인여단에서 일인사단으로 업그레이드되었다.

'뭐야?'

중저레벨 몬스터들을 대상으로 습관적으로 여단 구성과 소멸을 반복하고 있던 상황.

아무런 기대도 하지 않고 있었는데.

'갑자기 성장했네.'

그런데 곰곰이 생각해 보니.

'성장할 만도 했네.'

마룡 카라스를 쓰러트려 일인연대에서 일인여단으로 승급한 이후.

'꽤 많은 이들을 휘하에 들였지.'

회귀 전 일인군단과 암왕이라 불렸던 이반 야멜리코넨과 세실리아.

그 두 사람이야 지금 당장은 레벨이 낮아 숙련도에 그리 큰 도움이 되지는 않았을 것이다.

그러나 그 후.

광살마존 조사평을 비롯한 맨티스길드 고레벨 플레이어를 시작으로.

검왕 장석원과 인의군왕 신창후, 도플갱어 킹과 도플갱어들, 용왕과 호왕을 비롯한 용호길드 고레벨 플레이어들까지.

여기에 적염제 도르초프까지 합류했으니.

'사실 지금까지 안 오른 게 이상한 거긴 하지.'

정말 징그럽게 느린 성장 속도였다.

'일인여단에서 일인사단도 이렇게 힘든데, 일인군단까지는 어느 세월에 가냐?'

일인여단이 일인사단으로 성장한 건 기쁜 일이지만.

일인사단을 일인군단으로 업그레이드시킬 생각을 하니.

앞이 막막했다.

하지만.

'결국 도달할 수 있어.'

지금까지 해 왔던 것처럼 하면 된다.

강력한 힘을 가진 마계 귀족, 마왕의 하수인, 배신자 들은 강현수에게 있어서.

'내 성장을 도와줄 영양 만점의 먹잇감일 뿐이야.'

강현수의 목표는 SS랭크인 일인군단이 끝이 아니다.

'뭐가 나올지는 모르지만 무조건 EX랭크까지 찍어야지.'

강현수는 다시금 소환수 노가다를 하며 발걸음을 옮겼다.

그러면서 달라진 점이 뭐가 있는지 살펴봤다.

'드디어 연대장을 임명할 수 있구나.'

일인여단일 때는 대대장만 임명할 수 있었는데.

이제는 네 명의 연대장을 임명할 수 있게 되었다.

'여단장은 불가능하네.'

아마 일인군단은 되어야 임명이 가능할 듯 보였다.

'임시 연대장은 가능하려나?'

임시 대대장도 가능했으니 임시 연대장도 가능할 수도 있을 것 같았다.

'대대장 숫자도 늘어났어.'

임시 대대장을 제외하면 임명할 수 있는 대대장의 숫자는 아홉 명.

그런데 이번에 그 숫자가 두 배인 18명으로 늘어났다.

결정적으로.

'소환수의 숫자가 5900기에서 15,900기로 늘어났어.'

보유 소환수 숫자가 세 배나 증가한 것이다.

'이제 송하나와 투황에게도 대대장 자리를 줄 수 있겠어.'

그 두 사람은 그간 남는 대대장 자리가 없어서 계속 중대장에 머물고 있었는데.

이제는 아니었다.

'문제는 연대장에 누구를 임명하냐는 건데.'

실력순으로 보면?

마룡 카라스, 도플갱어 킹 탈리만, 적염제 도르초프가 최상위권이었고.

그다음은 검왕 장석원과 인의군왕 신창후 또는 권황과 무존이었다.

'마룡 카라스와 도플갱어 킹은 확정이지만.'

나머지 두 자리는 좀 애매했다.

'좀 더 고민해 보자.'

어차피 임명은 언제라도 할 수 있다.

그보다 우선시되는 건.

'임시 연대장을 임명할 수 있느냐 하는 거지.'

임시 대대장 역시 세 명 이상 추가 임명이 가능한지 확인해 봐야 했다.

'일단 도플갱어 킹 탈리만부터.'

강현수가 도플갱어 킹에게 대대장 지휘관 셋을 휘하에 넣어 임시 연대 구성을 시도해 봤다.

그 결과.

[대대장 도플갱어 킹 탈리만을 임시 연대의 지휘관으로 임명하셨습니다.]

[스텟이 소모됩니다.]

[도플갱어 킹 탈리만의 직위가 대대장에서 연대장(진)으로 변경됩니다.]

[사단장은 2개의 임시 연대를 만들 수 있습니다.]

[임시 연대는 최소 500명, 최대 1,000명으로 구성할 수 있습니다.]

'성공했네.'

임시 연대를 두 개나 만들 수 있다는 것도 확인했다.

'두 개의 임시 연대를 만들면 소환수 숫자가 2천 기가 늘어난다.'

그럼 총 보유할 수 있는 소환수의 숫자도 15,900기가 아니라 17,900기가 된다.

'임시 대대도 가능한지 테스트를 해 봐야지.'

강현수가 임시 대대를 구성해 봤다.

테스트 대상은 중대장에 머물고 있는 용왕 이지용이었다.

[중대장 이지용을 임시 대대의 지휘관으로 임명하셨습니다.]

[스텟이 소모됩니다.]

[이지용의 직위가 중대장에서 대대장(진)으로 변경됩니다.]

[사단장은 6개의 임시 대대를 만들 수 있습니다.]

[임시 대대는 최소 100명, 최대 300명으로 구성할 수 있습니다.]

'두 배 늘었네.'

그럼 대대장은 총 24명을 임명할 수 있다는 뜻이었다.

'생각보다 넉넉하네. 임시 대대는 최대 300명이고 임시 연대는 최대 1,000명이야.'

정확히 정식 대대와 정식 연대의 절반에 해당하는 숫자였다.

그럼 보유 소환수의 숫자는 총 18,800기로 늘어난다.

'연대장도 총 여섯 명을 임명할 수 있어.'

고작 한 단계 차이지만.

일인사단은 일인여단보다 모든 면에서 월등히 우월했다.

'다시 부지런히 모아야겠네.'

대대장을 모두 채웠고 지휘관의 축복도 줄 사람이나 소환수에게는 다 준 상태.

거기다 괴력으로 인해 스텟 여유까지 제법 생겼었는데.

18,800기에 달하는 소환수를 보유하려면 부지런히 사냥을 해서 스텟을 쌓아야 할 것 같았다.

'마룽 카라스도 임시 연대장으로 임명하자.'

강현수가 마룽 카라스를 소환해 임시 연대장으로 임명했다.

'지능이 얼마나 상승했으려나?'

강현수가 기대감 어린 눈빛으로 임시 연대장이 된 마룽 카라스와 도플갱어 킹 탈리만에게 말을 걸었다.

"연대장으로 진급한 기분이 어떠냐?"

"저와 마룽 카라스는 주군의 종. 주군께 더 큰 도움이 될 수 있다는 사실이 기쁠 따름이옵니다."

-저 역시 도플갱어 킹 탈리만과 마찬가지이옵니다.

"혹시 나에게 하고 싶은 말은 없나?"

묻는 말에 대답하는 건 대대장들도 할 수 있었다.

그러나 먼저 의견을 이야기하는 건.

'대대장들은 불가능했지.'

하지만 연대장이라면?

"휘하 도플갱어들을 저의 임시 연대에 배속해 주소서. 하면 그 쓰임이 훨씬 좋을 것입니다."

먼저 입을 연 것은 도플갱어 킹 탈리만이었다.

"어떤 식으로?"

강현수의 물음에.

"주군께서 명하신다면 인간들의 왕국이나 길드를 장악해 주군께 바치겠나이다."

예상보다 과격한 대답이 돌아왔다.

"할 수 있겠어?"

"마계에서 세웠던 계획을 실행한다면, 얼마든지 가능할 것으로 사료되옵니다."

"내가 따로 지시를 내리지 않아도?"

"주군께서 대상만 지정해 주시면 제가 실행에 옮기겠나이다."

'능동적으로 행동하는군.'

확실히 지능이 올라간 것 같기는 했다.

도플갱어 킹 탈리만이 말을 마치자 마룡 카라스가 입을 열었다.

－저 역시 휘하 용종 몬스터들을 저의 임시 연대에 배속해

줄 것을 청하나이다.

"왜?"

―마룡족은 용종 몬스터의 힘을 강화하는 스킬을 보유하고 있사옵니다.

"그럼 확실히 쓸 만하겠네. 넌 뭘 할 수 있지?"

―저와 용종 몬스터들은 도플갱어들처럼 인간들의 왕국이나 길드를 장악해 주군께 바치지는 못하겠으나 분란을 일으키는 것은 가능하옵니다.

"어떤 식으로?"

―주군이 명하신 나라 근처에 모습을 드러내 마족에 대한 위기감을 고조시키겠나이다.

'꽤 쓸 만하네.'

자기 의견을 말하는 게 가능해졌다.

"전투력은 어느 정도 회복했지?"

이건 강현수가 가장 궁금한 점이었다.

"신체 능력과 마력 자체가 생전에 미치지 못하옵니다."

―전투에 영향을 미치는 지능 역시 생전에 비하면 손색이 있사옵니다.

마룡 카라스는 표정을 알 수 없었지만.

도플갱어 킹 탈리만은 달랐다.

'이것 봐라?'

도플갱어 킹 탈리만이 난감하다는 표정을 짓고 있었다.

감정 변화 자체가 없던 대대장들과 비교하면?

실로 장족의 발전이었다.

거기다.

'지금 말 돌린 거지?'

어느 정도 회복했냐고 물었는데.

생전에 미치지 못한다거나 생전에 비하면 손색이 있다는 식으로 은근슬쩍 피해 가려 했다.

"너희 둘이 판단하기에는 생전의 몇 퍼센트 정도 회복한 것 같은데?"

강현수의 직설적인 물음에.

"마기의 근원을 잃었던 터라, 50% 정도 되는 듯하옵니다."

ㅡ저는 70% 정도이옵니다.

대놓고 물으니 솔직하게 대답했다.

'50%와 70%라.'

도플갱어 킹 탈리만의 경우 마기의 근원을 잃었던 것까지 고려하면?

'생전에 보유한 힘의 30% 정도를 잃었다는 거네.'

연대장이 되었는데도 고작 70% 수준이라고 생각할 수도 있지만.

'이 둘은 마계 귀족이야.'

홀로 왕국 하나를 멸망시킬 수 있는 힘을 가진 존재들이다.

그걸 감안하면?

'이것도 꽤 많이 회복한 거지.'

그렇지만 한 가지 궁금한 게 있었다.

"연대장인 지금과 대대장이었을 때를 비교하면 전투력이 어느 정도 상승한 것 같지?"

실제 스텟은 5%가 상승했을 뿐이다.

하지만 전투력이라는 건.

'스텟만으로 하는 게 아니지.'

지능의 상승 여부도 꽤 중요했다.

"대략 20% 정도 상승한 것 같사옵니다."

─저도 그 정도이옵니다.

"그렇단 말이지?"

생각보다 성장 폭이 컸다.

'소환수를 연대장으로 만드는 것도 나쁘지 않겠어.'

플레이어 연대장 후보들은 모두 대대장이었고.

'거대 길드의 수장들이지.'

그러나 그들은.

'세실리아를 제외하면 아직 대대장으로서 주어진 지휘관 임명 스킬도 다 소화를 못 한 상태야.'

그런 그들을 연대장으로 임명한다면?

'더 강해지기는 하겠지만 소환수만큼은 아니야.'

나중에는 모르겠지만.

'지금 당장은 소환수를 연대장으로 만드는 게 전력 상승에

유리해.'

강현수가 권황, 무존, 무란의 수호성, 도왕을 소환했다.

그 후 그들 모두를 연대장으로 임명했다.

'어차피 바꿀 수 있으니까.'

나중에 마계 귀족 같은 이들을 쓰러트리거나.

연대장 자리를 꼭 줘야 할 정도의 실력을 지닌 플레이어를 포섭한다면?

'그때 가서 해임하면 그만이야.'

스텟 낭비가 되기는 하겠지만.

그 정도는.

'얼마든지 감당할 수 있어.'

그보다 중요한 건.

전력 상승이었다.

"생전에 비하면 현재 너희들은 전투력은 어느 정도지?"

강현수의 물음에.

"90% 정도는 회복한 듯하옵니다."

"저도 마찬가지이옵니다."

권황과 무존의 경우 90%라고 대답했다.

그건 생전의 전투력을 거의 따라잡았다는 뜻이었다.

"저는 생전의 수준을 뛰어넘었사옵니다."

"저 역시 마찬가지이옵니다."

무란의 수호성과 도왕의 경우는 예상외의 결과가 나왔다.

"생전보다 강해졌다고?"

"예."

"그렇사옵니다."

"대충 어느 정도지?"

"120% 정도는 되는 듯하옵니다."

"저 역시 그렇사옵니다."

'역시 생전의 전투력이 낮을수록 회복이 빠르구나.'

아마 화염의 기사나 검귀 같은 소환수를 연대장으로 만들었다면?

'살아 있을 때보다 월등히 강해졌겠지.'

그러나 강현수에게 중요한 건 생전의 전투력을 어느 정도 회복하느냐가 아니었다.

'누가 더 강하냐가 중요하지.'

무란의 수호성과 도왕이 생전보다 강한 힘을 지녔다고 해도.

생전보다 약한 힘을 지닌 권황과 무존을 이길 수는 없다.

'그럼 돌아가 볼까.'

확인을 끝낸 강현수가 소환을 해제한 후 테라 왕국을 향해 움직였다.

"어서 와! 고생했어!"

"황제랑 담판은 잘 끝낸 거야?"

강현수가 복귀하자 송하나와 투황이 반겨 주었다.

"어, 잘 끝났어. 그보다 두 사람한테 줄 게 있어."

"그게 뭔데?"

"선물이라도 사 온 거야?"

송하나와 투황의 물음에 강현수는 지휘관 임명 스킬을 사용해 두 사람을 대대장에 임명했다.

"우와!"

"오오오!"

송하나와 투황이 표정이 확 밝아졌다.

중대장과 대대장은 한 끗 차이로.

버프 효율이 5%밖에 차이가 나지 않지만.

'5%도 꽤 크지.'

특히 기본 스텟이 높으면?

그 차이도 커진다.

거기다 강현수의 직업 랭크가 상승하며 A랭크에 머물러 있던 지휘관의 축복 스킬도 S랭크까지 성장할 수 있게 되었다.

지휘관의 축복까지 S랭크가 되면?

'버프 효율이 또 5% 상승하지.'

그럼 총 10%가 상승하게 된다.

"저기 현수야, 그런데 우리는 이 스킬을 사용할 대상이 없는데?”

그때 송하나가 의아한 표정으로 물었다.

대대장이 되며 지휘관 임명과 지휘관의 축복 같은 스킬이 생겨났기 때문이다.

그러나 송하나와 투황에게는 이 스킬을 시전해 줄 대상이 없었다.

“소환수를 상대로 시전해 줘.”

어차피 소환수의 숫자는 정해져 있다.

대대장 플레이어가 다른 플레이어를 중대장으로 임명하면?

강현수가 보유한 소환수의 숫자 하나가 차 버린다.

‘플레이어를 소환수로 임명하는 건.’

암왕 세실리아, 인의군왕 신창후, 검왕 장석원, 적염제 도르초프면 충분하다.

‘그리고 보니 진구평 그 녀석도 대대장에 임명하는 게 좋겠네.’

강현수의 직업이 일인여단에서 일인사단으로 성장하며 대대장 자리가 크게 늘었다.

한데 여섯 기의 소환수가 대대장에서 연대장으로 승급했으니.

‘대대장 자리가 꽤 넉넉하게 남았어.’

멸마창왕 진구평에게 대대장 자리를 줄 수 있을 정도로 말이다.

'그간 채찍만 휘둘렀으니 이제는 당근 하나를 던져 줄 때
도 됐지.'

거기다 멸마창왕 진구평은 중화길드의 수장.

'그 녀석을 대대장으로 임명하면 좀 더 확실하게 중화길드
를 장악할 수 있어.'

중화길드의 핵심 간부들이나 유망주들을 중대장, 소대장,
분대장으로 임명하면?

'중화길드 내에 반대 파벌이 생길 가능성과 뛰어난 신인이
등장해 진구평이 가지고 있는 길드장 자리를 빼앗아 갈 가능
성을 원천 봉쇄할 수 있다.'

특히.

'검존 주위천과 성화의 신녀 장소화는 무조건 휘하에 넣으
라고 해야지.'

멸마창왕 진구평은 검존 주위천의 은인이다.

전 길드 마스터 도왕이 죽고 끈 떨어진 연 신세가 된 검존
주위천을 길드 차원에서 적극적으로 밀어준 인물이 현 길드
마스터 멸마창왕 진구평이니까.

아마 검존 주위천이 죽은 도왕에게 받은 도움보다 멸마창
왕 진구평에게 받은 도움이 월등히 더 클 것이다.

검존 주위천이 은혜를 아는 인물이라면?

'진구평에게 절대 이를 드러낼 수 없지.'

하지만.

검존 주위천은 워낙 야심이 크고 이기적인 놈이라.

'은인의 뒤통수를 때리고도 남지.'

그래서 고삐를 더 단단히 조여 둘 필요가 있었다.

'그동안은 대대장 자리에 여유가 없어서 임명을 못 했지만.'

이제는 상황이 달라졌다.

─바쁘냐?

─아닙니다.

─그럼 불러도 되겠지?

─또 마계 귀족이 나온 것입니까?

─그건 아니고, 네 직급을 대대장으로 올려 주려고 한다.

─그게 정말이십니까? 잠시만 기다려 주십시오.

잠시 후.

─부르셔도 됩니다.

멸마창왕 진구평의 준비가 끝나자.

강현수가 곧바로 멸마창왕 진구평을 소환했다.

그리고 곧바로 대대장에 임명했다.

"오오오!"

스텟이 상승한 멸마창왕 진구평이 기쁨에 찬 표정을 지었다.

"주인님, 그런데 이건?"

멸마창왕 진구평이 새롭게 생긴 스킬들에 의문을 표했다.

"그건……."

강현수는 새롭게 얻은 스킬에 대한 설명을 해 준 후, 검존 주위천과 성화의 신녀 장소화를 휘하에 넣으라고 지시하고.

"이제 가라."

멸마창왕 진구평에게 축객령을 내렸다.

"또 와이번을 타고 가야 하는 겁니까?"

멸마창왕 진구평이 우는소리를 했지만.

"그럼 걸어갈래?"

"아닙니다."

강현수의 대답에 본전도 못 찾고 와이번의 등에 매달려 마이트어 왕국으로 떠났다.

'그럼 이제 그걸 먹어 볼까.'

강현수는 로크토 제국 황실 보고에서 가지고 온 독룡의 정수를 꺼내 들었다.

'특수 스텟 독성이라.'

독 저항력만 생각하고 고른 독룡의 정수에 딸려 온 보너스.

'어떤 스텟이려나?'

대충 짐작은 가지만.

'직접 확인하는 게 좋겠지.'

강현수가 독룡의 정수를 삼켰다.

[독룡의 정수 - EX랭크를 섭취하였습니다.]

[독에 대한 저항력이 500% 증가합니다.]

[특수 스텟 독성을 획득합니다.]

강현수가 특수 스텟 독성에 대한 정보를 확인했다.

'간단하네.'

효과는 단 두 개.

첫 번째는 신체, 무기, 스킬 등에 독성을 담을 수 있다는 거였다.

'이건 독성 스텟 역시 마력 스텟이나 신성 스텟처럼 활용이 가능하다는 거지.'

범용성이 꽤 좋았다.

두 번째는 독에 대한 저항력이 상승한다는 거였다.

이것도 좋았다.

당연히 그 효과는.

'독성 스텟이 몇이냐에 따라 차등이 있어.'

현재 독성 스텟은?

특수 스텟 : [독성 1]

고작 1이었다.

강현수가 독성 스텟을 활용해 봤다.

미약한 초록 빛이 강현수의 손가락 끝에 피어올랐다.

손등에 대 봤지만.

아무런 느낌도 없었다.

'독성이 있기는 있는 거지?'

그런 강현수의 눈에 모기 한 마리가 들어왔다.

휘익!

독성 스텟을 사용해 만든 독을 모기에게 날렸다.

애애애앵!

독에 적중당한 모기가 비틀거리더니 바닥으로 떨어져.

잠시 몸을 부들부들 떨더니 죽어 버렸다.

'살충제 수준이네.'

모기가 녹아 버리거나 즉사하기는커녕 부들부들 떨다 죽었다.

아무리 독성 스텟이 1이라고는 하지만.

실로 처참한 살상력이었다.

그나마 다행이라면?

'독성 스텟을 늘릴 수 있는 방법이 있다는 거지.'

문제는 그 방법이 엄청 위험하다는 거다.

'독을 먹어야 한다니.'

바로 순수한 독이나 독성분이 포함된 물질을 섭취하는 거였다.

'잘못하면 바로 죽는 거잖아.'

스텟을 한 번에 많이 올리겠다고 맹독을 먹으면?

그대로 사망이다.

독성이 낮은 독을 먹더라도.

'독은 독이지.'

배탈이 나거나 두드러기가 생길 수도 있고.

자칫 잘못하면 죽을 만큼 괴로울 수도 있었다.

'그렇다고 포기할 수는 없지.'

지금은 미약하지만.

스텟이 올라가면 분명 전투에 큰 도움을 줄 것이다.

일단.

'독성이 낮은 독부터 시작해야겠네.'

강현수는 황금 군주 사에마알에게 독성이 낮은 독들을 구
해 달라고 지시했다.

✦

'빠르네.'

강현수가 로크토 제국에서 테라 왕국으로 온 다음 날.

로디우스 1세를 만나고 고작 하루가 지났을 뿐인데.

'세실리아를 황실 명부에 정식으로 등록했어.'

로디우스 1세는 쇠뿔도 단김에 빼라는 말을 그대로 실행
에 옮겼다.

갑작스러운 사생아 황족의 등장에 로크토 제국 사교계는 난리가 났다.

특히 암왕 세실리아의 친부인 황태자 로디우스 2세는 망신을 톡톡히 당했다.

'아직까지는 순조로워.'

로크토 제국의 사교계가 조금 시끄러워지기는 했지만.

암왕 세실리아의 핏줄을 의심하는 이는 없었다.

개망나니 황태자 로디우스 2세라면?

충분히 '사생아가 있을 수 있지.'라는 여론이 대세였기 때문이다.

그러나 모든 일이 순조롭게 진행되지는 않았다.

로디우스 1세는 후계 작업을 순조롭게 진행하기 위해 암왕 세실리아의 친모를 오래전 사망한 몰락 귀족의 영애로 위장했다.

그런데 아무도 믿지를 않았다.

'오히려 세실리아의 친모가 노예 출신이라는 소문이 하루 만에 쫙 퍼졌어.'

사실 당연한 일이었다.

세실리아의 친모가 몰락 귀족의 영애 출신이었다면?

'지금까지 사생아로 숨어 살 이유가 없으니까.'

아마 태어난 순간부터 황태자의 서녀 신분이 주어졌으리라.

그러나 진짜 문제는 이제부터였다.

귀족들이 황제 로디우스 1세가 황태자 로디우스 2세의 사생아를 정식으로 황실 명부에 등록한 이유를 추측해 떠들기 시작한 것이다.

　하급 귀족 가문에서도 사생아를 핏줄로 인정하지 않는다.

　특히 평민도 아니고 노예의 피가 섞인 사생아라면 더더욱 그렇다.

　가문의 망신이기에 평생을 어둠 속에서 살아가게 하거나 심할 경우 죽이기도 한다.

　한데 무려 황실에서 비천한 노예의 피가 섞여 나온 사생아를.

　그것도 황실의 방계도 아니고 황실의 직계로 인정했다.

　'하루도 채 지나지 않았는데, 벌써 로디우스 1세의 진의를 알아차린 자들이 나왔어.'

　로디우스 1세가 노예의 피가 섞인 손녀에게 황위를 물려주려 한다는 소문이 수도에 쫙 퍼졌다.

　'그나마 세실리아가 정보를 쥐고 있어서 이 정도로 막은 거지.'

　그게 아니었다면?

　수도가 아니라 로크토 제국 전역에 쫙 퍼졌을 것이다.

　하지만.

　'틀어막는 것도 한계가 있겠지.'

　왜냐?

　헛소문이 아니라 진짜였으니까.

'차라리 정보의 방향을 트는 게 낫지.'

오죽 뛰어나면 노예의 피가 섞인 손녀에게 황위를 물려주
겠냐는 식으로 말이다.

분위기가 조성되고 정식으로 발표를 하면?

'귀족들의 반대가 심하기는 하겠지만.'

황제파 귀족들도 결국 로디우스 1세의 뜻에 따를 테고.

세실리아의 중립파도 힘을 실어 줄 테니 큰 문제는 없으리
라고 생각했다.

급한 일은 끝났다.

그러니.

'이제 더 미룰 필요가 없어.'

강현수는 그간 준비해 왔던 황소욱과 신소희에 대한 처분
을 실행에 옮기기로 결정했다.

✻

황소욱은 최근 급변하는 발해길드의 정세에 쉽사리 정신
을 차리지 못했다.

그러나 결론은 하나였다.

'다크 나이트에 들어가야 해.'

그래야 더 높은 자리에 올라갈 수 있다.

'연합이 만들어졌어.'

애초에 황소욱이 목표로 했던 자리는 발해길드의 길드 마스터 자리였다.

검왕 장석원이 건재한 상황에서는 불가능한 꿈이었지만.

고려길드와 충돌이 일어날 것 같은 상황이 벌어지자 희망이 보였다.

한데 다크 나이트의 등장으로 그 희망이 순식간에 날아가 버렸다.

하지만 괜찮았다.

새로운 목표가 생겼으니까.

'다크 나이트가 만든 연합을 손에 넣는다.'

지금 당장은 불가능한 꿈이다.

하지만 고유 스킬인 스킬 강화만 있다면?

'언젠가는 이룰 수 있는 꿈이야.'

거기다 그간 포섭해 놓은 발해길드 내의 세력도 만만치 않았다.

'척마혈신과 친분을 쌓을 수 있는 기회가 있으면 좋겠는데.'

황소욱이 앞으로의 계획을 점검하고 있을 때.

덜컹!

황소욱의 집무실 문이 거칠게 열렸다.

"누가 노크도 없이 들어……."

막 화를 내려던 찰나.

황소욱의 표정이 돌처럼 굳어졌다.

자신의 집무실로 들어온 사람이 길드 마스터인 검왕 장석원이었기 때문이다.

"길드장님, 갑자기 어떤 일로 찾아오…….."

퍼억!

황소욱이 채 말을 끝내기도 전에 검왕 장석원의 주먹이 날아와 안면을 가격했다.

"이 쓰레기 같은 놈! 당장 끌고 가!"

"예!"

길드 마스터인 검왕 장석원의 직속 부하들이 황소욱을 연행해 갔다.

'도대체 이게 무슨?'

황소욱은 어처구니가 없었다.

갑자기 이게 무슨 일이란 말인가?

"길드장님, 도대체 왜 이러시는 겁니까? 이유라도 알려 주십시오!"

황소욱이 강하게 항변했다.

"하! 그동안 잘도 숨겨 왔더구나? 인신매매범!"

검왕 장석원의 말에 황소욱의 표정이 돌처럼 굳어졌다.

'그걸 어떻게?'

훈련소 교관 역할을 전담하던 황소욱은 지속적으로 노예 상인들과 거래를 해 왔다.

하지만.

'증거 따위는 없을 텐데?'

노예 상인들도 황소욱이 누군지 모를 정도로 철저하게 기밀을 유지했다.

더군다나 대대적인 인신매매범 소탕이 시작된 후에는?

아예 연을 끊어 버렸다.

"모함입니다!"

황소욱의 항변에.

퍼억!

다시금 주먹이 날아왔다.

"증인이 버젓이 있는데도 발뺌을 해? 그리고 그게 끝인 줄 알아? 길드 자금 횡령 그리고……."

검왕 장석원의 입에서 황소욱이 그간 저지른 범죄 목록이 끊임없이 흘러나왔다.

'뭐가 어떻게 된 거지?'

황소욱은 어안이 벙벙했다.

거대 길드의 말단 길드원이 간부가 되는 건 결코 쉬운 일이 아니다.

실력이 엄청나게 뛰어나면 모르겠지만.

레벨이 하락한다는 단점 때문에 고유 스킬인 스킬 강화를 적극적으로 사용할 수 없는 황소욱은 슬로 스타터일 수밖에 없었다.

그래서 여러 가지 불법적인 일을 벌여 자기편을 만들고 자금을 끌어모았다.

그렇지만.

'저건 진짜 내가 한 적이 없는데.'

정말 억울했다.

그게 끝이 아니었다.

황소욱이 실제로 저지른 범죄 역시.

엄청 과하게 부풀려져 있었다.

"전 정말 억울합니다!"

황소욱이 항변해 봤지만.

"당장 끌고 가!"

일절 통하지 않았다.

'억울하겠지.'

강현수가 끌려가는 황소욱을 바라보며 옅은 미소를 지었다.

그간 암왕 세실리아와 소환수들을 동원해 황소욱이 저지른 범죄의 증거들을 찾아냈다.

못 찾아내면?

그냥 조작해서 만들었다.

거기다 미래에 저지를 범죄까지 추가시켰다.

그러다 보니 증거가 약간 허술할 수밖에 없었지만.

'도플갱어 킹 탈리만의 연기가 일품이었지.'

황소욱의 모습으로 변한 도플갱어 킹 탈리만이 증인을 대량생산 해 주었다.

그 결과.

황소욱이 아무리 억울하다고 호소해도 그 말을 믿는 이가 단 한 명도 없었다.

'빠져나갈 방법 따위는 없어.'

아마 며칠 후면 황소욱은 모두의 손가락질을 받는 인간 망종이 되어 있을 것이다.

그리고 그건.

'신소희도 마찬가지야.'

다만 한 가지 이상한 점이 있었다.

범죄 행위에 있어서.

'당연히 황소욱이 주범이고 신소희가 공범이거나 정범인 줄 알았는데.'

조사하면서 밝혀진 바로는.

'오히려 반대란 말이지.'

마치 신소희가 황소욱의 상관처럼 보였다.

'내가 모르는 뭔가가 있어.'

특히 신소희에게 말이다.

지옥

"이건 누명입니다! 전 결백합니다!"

"저도 정말 억울해요! 이건 모함이라고요!"

황소욱과 신소희가 억울하다며 목소리를 높였다.

"증거와 증인이 다 있는데 발뺌을 해 봐야 아무 소용 없습니다."

그러나 조사관은 무표정하게 조사를 이어 나갔다.

두 사람이 아무리 무죄를 주장해도.

강현수가 만든 증거와 도플갱어 킹 탈리만이 만든 증인이 워낙 많았기에 황소욱과 신소희의 무죄 주장은 아무런 효과가 없었다.

조사가 계속 이어질수록.

황소욱과 신소희 역시 자신들이 절대 빠져나갈 수 없는 덫에 걸렸다는 사실을 뼈저리게 실감할 수밖에 없었다.

그러던 중.

"모두 제가 저지른 짓입니다. 신소희는 아무런 죄가 없습니다."

갑자기 황소욱이 모든 죄를 인정하고 신소희의 무죄를 주장했다.

더 놀라운 건.

"음, 그렇다면 신소희 씨에 대해서는 전면적인 재조사가 필요하겠군요."

조사관이 그걸 인정해 줬다는 점이다.

'역시 이상해.'

강현수는 도플갱어 소환수를 조사관과 함께 투입시켜 황소욱과 신소희를 철저하게 감시하고 있었다.

'조사관은 검왕 장석원의 심복이야.'

검왕 장석원은 강현수의 휘하 지휘관이다.

쉽게 말해 이건 결과가 정해져 있는 재판이나 마찬가지다.

그런 상황에서 조사관이 갑자기 신소희에 대한 전면적인 재조사를 결정했다.

'직접 확인해 봐야겠어.'

강현수가 검왕 장석원을 호출해 함께 조사실로 들어갔다.

"길드 마스터, 이곳에는 어쩐 일로?"

조사관이 의아한 표정으로 검왕 장석원에게 물었다.

"넌 그만 나가 봐."

"예? 하지만 조사를……."

"나가라고."

"아, 알겠습니다."

검왕 장석원의 말에 조사관이 밖으로 나갔다.

"길드 마스터, 정말 죄송합니다! 사실 그 모든 건 다 제가 저지른 일입니다! 신소희를 비롯한 다른 사람들은 저에게 이용당한 죄밖에 없습니다!"

"그건 새로운 조사관에게 말해라. 다시 철저하게 조사하도록."

검왕 장석원이 강현수의 어깨를 두드리며 말했고.

"예, 길드 마스터."

강현수가 마치 새로운 조사관인 척 대답했다.

"그럼."

검왕 장석원이 퇴장했다.

강현수가 조사관인 척 서류에 적힌 범죄 사실을 읊으며 황소욱과 신소희를 주시했다.

'황소욱은 결코 남의 죄를 대신 뒤집어써 줄 인간이 아니야.'

오히려 자신이 저지른 죄를 신소희에게 뒤집어씌우면 몰라도.

한데 그런 황소욱이.
'신소희의 죄를 뒤집어쓰려 하고 있어.'
거기다 조사관의 태도 역시 급변했다.
'분명히 이유가 있을 거야.'
강현수가 태연한 표정으로 조사를 진행했다.
그때.

[정신계 지배 스킬 마리오네트의 공격을 받았습니다.]
[정신계 지배 스킬 마리오네트에 완벽하게 저항했습니다.]

강현수의 눈앞에 시스템 메시지가 떠올랐다.
"마리오네트?"
강현수의 중얼거림과 동시에 신소희의 안색이 흙빛으로
바뀌었다.
'이런 스킬을 가지고 있었다고?'
대놓고 정신계 지배 스킬이라고 나와 있기도 했고.
스킬 이름만 봐도 어떤 효과를 가지고 있는지 단번에 알
수 있었다.
한 가지 이상한 점은.
'회귀 전에는 저런 스킬을 발견한 적이 없었는데.'
강현수는 회귀 전 숙련도 상승을 위해 신소희를 상대로 고
유 스킬 레플리카를 수천 번도 넘게 사용했다.

하지만.

'단 한 번도 마리오네트라는 스킬을 얻은 적은 없어.'

강현수가 신소희를 노려보며 입을 열었다.

"저한테 도대체 무슨 스킬을 시전한 겁니까, 신소희 씨?"

"그, 그게……."

"저한테 시전한 정신계 지배 스킬에 대해 솔직하게 말하는 게 좋을 겁니다. 혹시 황소욱 씨에게도 마리오네트라는 정신계 지배 스킬을 시전한 겁니까?"

강현수의 물음에 신소희가 고개를 푹 숙였다.

그때.

"정말 다 제가 저지른 거라니까요. 신소희 씨는 저한테 휘말린 것뿐입니다."

황소욱이 같은 주장을 반복했다.

'뭐지?'

방금 전 강현수가 한 말을 들었다면.

황소욱은 신소희가 자신에게 무슨 짓을 했다는 사실을 알아차렸을 것이다.

한데.

'아예 인지를 못 하는 건가?'

강현수가 대놓고 황소욱과 정신계 지배 스킬 마리오네트를 언급했음에도.

"신소희 씨에게는 정말 죄송할 따름입니다."

황소욱은 그런 말을 들은 적 없다는 듯이 행동하고 있었다.

"신소희 씨, 정신계 지배 스킬 정보를 오픈하세요."

"도대체 무슨 말씀을 하시는 건지 모르겠는데요."

신소희가 아예 발뺌을 했다.

"잡아떼면 넘어갈 수 있을 거라고 생각하는 거냐?"

강현수의 말투가 바뀌었다.

"잡아떼다뇨? 제가 도대체 뭘 어떻게 했다고요. 전 죄가 없어요. 그게 끝이에요. 조사나 계속하시죠, 조사관님."

신소희의 표독스러운 말에 강현수가 피식하고 웃음을 터트렸다.

"조사? 순순히 말하는 게 좋을 텐데. 아틀란티스 차원에서의 조사가 어떤 건지 모르는 것도 아니잖아?"

지금까지의 조사는 신사적이었다.

현대식이랄까?

하지만 아틀란티스 차원은 이보다 훨씬 야만적인 조사 방법이 많았다.

"길드장님이 고문이나 협박에 의한 시인을 믿으실 것 같은가요?"

검왕 장석원은 문명인이었다.

"들어와!"

강현수가 목소리를 높이자.

밖에서 대기하고 있던 검왕 장석원이 안으로 들어왔다.

"황소욱만 데리고 나가."

"예."

검왕 장석원이 공손히 고개를 숙인 후 황소욱을 데리고 나 갔다.

"당신, 정체가 뭐죠?"

신소희가 경악한 표정으로 물었다.

"그건 중요한 게 아닐 텐데?"

"다크 나이트였군요. 거기다 검왕 장석원을 아랫사람 대 하듯 하는 걸 보니, 당신이 척마혈신인 모양이네요."

신소희는 금방 강현수의 정체를 알아차렸다.

"좋아요. 알려 드릴게요."

신소희가 금방 태도를 바꿨다.

그리고 정신계 지배 스킬 마리오네트에 대한 정보를 오픈 했다.

[마리오네트 - SSS랭크]

-액티브 스킬

-정신계 지배 스킬

-보유한 마력 스텟의 절반을 소모해 플레이어의 정신을 지배할 수 있습 니다.

-대상 플레이어의 정신력 스텟이 시전자보다 낮을수록 스킬에 걸릴 확 률이 올라갑니다.

-스킬에 걸린 플레이어의 정신력 스텟이 시전자보다 높아지면 지배력

이 서서히 하락합니다.

-스킬에 걸린 플레이어의 정신력 스탯이 시전자의 2배 이상 높아지면
정신 지배가 풀립니다.

-총 9명의 플레이어의 정신을 지배할 수 있습니다.

-보유한 마력 스탯을 모두 소모해 9명의 플레이어 중 하나를 영속지배
할 수 있습니다.

'레플리카.'

강현수가 레플리카로 마리오네트 스킬을 복사했다.

상대가 스킬을 오픈한 상태였기에 여러 번 시도할 필요가
없었다.

"어떻게 얻은 스킬이지?"

"제 고유 스킬이에요."

"영속지배는 뭐지?"

"마리오네트 스킬에 걸린 플레이어 중 하나를 영원히 지배
하는 거예요."

"정신력 스탯과 상관없이?"

"네, 영속지배 대상은 정신력 스탯이 아무리 높아도 마리
오네트 스킬에서 벗어날 수 없어요."

"지금은 황소욱이 영속지배 대상인 건가?"

"맞아요."

"영속지배 대상을 자유롭게 바꿀 수 있나?"

"아니요. 기존 영속지배 대상이 사망해야 새롭게 지정할

수 있어요."

의문이 풀렸다.

'회귀 전 나한테도 마리오네트 스킬을 걸었었구나.'

강현수는 배신당하기 직전까지 신소희를 신뢰했다.

조금도 의심하지 않았다.

단순히 그럴 수밖에 없는 상황이었기 때문이었다고 생각
했는데.

'그게 아니라 마리오네트 스킬 때문이었어.'

강현수가 어금니를 악물었다.

"황소욱은 정신 지배 스킬이나 마리오네트라는 말에도 반
응하지 않던데?"

"당연히 보거나 들어도 인지하지 못하게 해 놨죠."

"마리오네트 스킬에 걸린 사람은 너의 명령에 절대복종하
는 꼭두각시가 되는 건가?"

"그러면 얼마나 좋겠어요. 하지만 그렇게 절대적이지는
않아요."

"황소욱은 너를 무죄로 만들기 위해 자신이 모든 죄를 뒤
집어쓰려고까지 했는데?"

"그건 황소욱이 영속지배 대상이라서 그래요. 자기 목숨
보다 절 더 소중하게 생각하도록 만들어 놨으니까요. 일반적
인 지배 대상에게는 약간의 제약을 걸거나 몇 가지 감정을
심는 게 최선이에요."

"어떤 감정을 심는다는 거지?"

"저를 강하게 의지하고 깊이 신뢰하게 만드는 거죠. 사실 절대적인 충성을 바치게 하는 게 가장 좋은데, 없던 감정을 억지로 만드는 건 불가능하더라고요. 그게 가능했으면 정신력 스텟을 최대한 낮게 찍게 만들어서 영원히 정신 지배에서 벗어나지 못하도록 조종할 수 있었을 텐데 말이죠."

"정신 지배가 풀리면 어떻게 되지?"

"그냥 그걸로 끝이죠."

"대상자는 자기가 정신 지배를 당했다는 사실을 알 수가 없나?"

"네, 몰라요. 걸리면 끝이죠. 알아차린 사람은 당신처럼 마리오네트 스킬을 방어해 낸 케이스뿐이에요."

"실패한 적이 있나 보군."

"네, 테스트 삼아 저보다 정신력 스텟이 높은 플레이어에게 사용했다가 실패한 적이 있어요."

"용케 살아남았네?"

"전 바보가 아니거든요. 원거리에서 사람들 속에 숨어서 스킬을 시전했죠."

정신계 스킬을 방어하면?

방어 메시지만 뜰 뿐.

시전 대상이 누군지 나오지 않는다.

그 점을 이용한 것이다.

"그 후로는 무조건 특별한 스킬을 가진 뉴비들을 대상으로만 마리오네트 스킬을 시전했어요."

그렇게 마리오네트 스킬에 당한 뉴비 중 하나가 회귀 전의 강현수였다.

"테스트가 성공했다면 검왕 장석원을 꼭두각시로 만들 생각이었는데, 아쉽게 됐죠."

마리오네트가 레플리카처럼 스킬 저항력과 무관한 스킬이었다면?

신소희는 단번에 발해길드 장악에 성공할 수 있었으리라.

"영속지배의 대상을 바꾼 적이 있나?"

"아뇨. 페널티가 너무 커서 황소욱으로 지정한 후에는 바꿀 수가 없었어요. 사실 마리오네트 스킬 자체도 페널티가 너무 커서 함부로 시전하지는 않아요. 방금 전에는 사태가 급박하게 돌아가서 조사관이랑 당신에게 연속으로 마리오네트 스킬을 시전한 것뿐이에요."

그럴 만도 했다.

마리오네트 스킬의 발동 조건은 보유한 마력 스텟의 절반.

영속지배 스킬의 발동 조건은 기존 영속지배 대상의 사망과 보유한 모든 마력 스텟이었으니까.

'회귀 전 나를 버린 이유가 있었구나.'

강현수는 황의 칭호를 가진 플레이어였다.

반면 신소희는?

네임드 플레이어이기는 했지만.

'말석 중에 말석이었지.'

아마 강현수의 정신력 스탯이 상승하며 지배력이 서서히 약해졌을 것이다.

'어쩌면 마지막 결전 전에 이미 지배력이 사라졌을 수도 있어.'

지배력이 사라졌다면?

신소희 입장에서는 무조건 강현수를 제거해야 했다.

레플리카 스킬을 가진 강현수가 신소희의 마리오네트 스킬을 손에 넣어 그간 자신이 조종당했다는 사실을 깨닫는다면?

'절대 가만두지 않았겠지.'

SSS랭크였던 1초 회귀자가 최후의 결전 직전 아슬아슬하게 EX랭크 회귀자로 바뀐 것도 다행이었다.

그 덕분에 신소희에게 EX랭크 스킬 회귀자의 존재를 들키지 않았으니까.

"전 꽤 쓸 만한 플레이어예요. 죽이는 것보다는 살리는 편이 여러모로 이득이라는 뜻이죠. 당신한테 충성을 다할게요. 영혼의 계약서든 신념의 서약이든 다 받아들이겠어요. 그러니 살려 주세요."

신소희의 당당한 요구에 강현수가 헛웃음을 터트렸다.

"설마 저를 죽이는 어리석은 선택을 하지는 않으시겠죠?

0레벨
플레이어

전 꽤 여러 종류의 스킬을 익히고 있어요. 고유 스킬인 마리오네트 스킬북이 나올 확률은 엄청나게 희박하다고요. 또 마리오네트 스킬을 시전할 때마다 마력 스탯이 영구적으로 소모되는 페널티도 생각하셔야죠."

신소희는 꽤 자신감이 있어 보였다.

사실 이해득실만 따진다면?

신소희에게 목줄을 채우고 살려 둔 채 써먹는 게 이득이었다.

대부분은 그런 선택을 할 것이다.

그러나 강현수의 생각은 달랐다.

"내 진짜 원수는 황소욱이 아니라 바로 너였구나."

강현수의 말에 신소희의 얼굴이 의문으로 물들었다.

"그게 무슨?"

신소희에게 있어서 강현수는 전혀 모르는 타인이었다.

그러나 강현수에게는 아니었다.

휘익!

강현수의 손이 신소희의 목을 움켜쥐었다.

"컥! 도대체 왜? 제발 살려 주세요! 이건 당신한테도 손해라고요!"

신소희가 애원하듯 외쳤다.

"걱정하지 마. 목을 꺾어 버리지는 않을 테니까."

신소희의 얼굴이 안도감으로 물들었다.

그러나.

"너한테 그런 편안한 죽음을 선물해 줄 생각은 없거든."

그 뒤에 이어진 강현수의 말을 들은 신소희의 얼굴이 절망으로 물들었다.

신소희는 길고 긴 고통에 몸부림치며 자신이 저지른 죗값의 일부를 치른 후.

죽었다.

'운이 좋네.'

강현수는 자신의 눈앞에 있는 한 권의 스킬북을 바라봤다.

[마리오네트 – SSS랭크]

죽은 신소희의 바람과는 다르게 엄청나게 희박한 확률을 뚫고 마리오네트 스킬북이 나왔다.

'크게 기대하지는 않았는데.'

혹시 몰라 레플리카 스킬로 만들어 놓기도 했었고 말이다.

'F랭크보다는 SSS랭크가 낫지.'

거기다 마리오네트 스킬은.

'레플리카 스킬의 한자리를 차지하기에는 여러모로 부족하지.'

일인사단이라는 직업이 없었다면?

일반 스킬로도 보유하고 레플레카 스킬로도 보유했겠지만.

'굳이 두 개나 보유할 필요는 없지.'

강현수는 레플리카 목록에서 마리오네트를 삭제한 후.

SSS랭크 마리오네트 스킬북을 습득했다.

'페널티가 크기는 하지만.'

그건 다른 플레이어들의 경우고.

강현수에게는 사정이 좀 달랐다.

'누적 스텟이 줄어들 수도 있지만 그건 스텟 고정 스킬이 어느 정도 방어해 줄 거야.'

F랭크였던 스텟 고정 스킬은 잦은 사용으로 현재 S랭크에 머물고 있었다.

'마리오네트 스킬은 아군이 아니라 적군에게 사용하기에 딱이야.'

플레이어에게만 사용 가능하다는 제약이 붙어 있기는 하지만.

'마왕의 하수인들이나 지구 귀환을 원치 않아 소극적으로 행동하는 플레이어들에게 사용하면 그만이야.'

아군이 될 이를 좀 더 손쉽게 포섭하는 데도 꽤 쓸 만할 듯싶었다.

'신소희는 끝났고.'

이제 황소욱에 대한 처벌을 결정할 차례였다.

'난 끝났어.'

황소욱이 멍한 표정으로 철창 밖의 풍경을 바라봤다.

신소희가 죽음으로 인해 영속지배가 풀렸지만.

황소욱은 그 사실조차 인지하지 못했다.

끼이이익!

그때 철창 문이 열렸고.

"나와라."

간수들이 황소욱을 끌어냈다.

"사, 사형인 겁니까?"

황소욱이 겁에 질린 표정으로 물었다.

조사는 이미 끝났다.

남은 것은 황소욱의 사형 집행뿐.

"조용히 입 다물고 그냥 얌전히 따라오기나 해."

"살려 주십시오! 전 아직 죽고 싶지 않습니다! 죽고 싶지 않다고요!"

황소욱이 간수에게 애걸복걸했다.

퍼억!

하지만 돌아온 것은 가혹한 폭력뿐이었다.

"더 얻어터지고 싶으면 어디 더 떠들어 봐."

"……."

간수의 폭력 앞에 황소욱이 조용히 입을 다물었다.

'이렇게 죽는 건가?'

절로 눈물이 나왔다.

그러나 다행히.

황소욱이 도착한 곳은 사형장이 아니라.

전신을 칠흑빛 갑옷으로 감싸고 있는 한 플레이어 앞이었다.

"나가 봐."

"예."

간수들이 황소욱을 데려다 놓고 물러났다.

'척마혈신?'

황소욱의 눈이 동그래졌다.

꼼짝없이 사형장으로 끌려갈 줄 알았다.

그런데 발해길드의 길드 마스터인 검왕 장석원도 아니고 뜬금없이 다크 나이트의 수장인 척마혈신 앞에 도착했다.

'기회다.'

자신이 왜 척마혈신 앞에 있는지는 모른다.

하지만.

'내가 필요하니까 데리고 왔겠지.'

눈앞의 척마혈신은 황소욱에게 있어서 유일한 구명줄이나 마찬가지였다.

"스킬 강화의 랭크가 뭐지?"

척마혈신의 물음에 황소욱의 표정이 돌처럼 굳어졌다.

'그걸 어떻게?'

스킬 강화는 자신과 신소희밖에 알지 못하는 비밀이었다.

'소희한테 들은 건가?'

황소욱이 열심히 머리를 굴리고 있을 때.

"대답할 생각이 없나 보군."

척마혈신의 손이 검을 향해 움직였다.

"EX랭크입니다!"

화들짝 놀란 황소욱이 재빨리 대답했다.

지금은 궁금증을 해소하는 것보다 목숨을 보존하는 게 가장 중요했다.

"레벨은?"

"900레벨입니다."

"제법 많이 올려 놨구나."

"예! 제가 명성을 떨칠 기회가 없어서 그렇지, 기회만 있었다면 능히 네임드 플레이어가 되었을 것입니다."

"너의 상태창을 온전하게 공개해라."

"알겠습니다."

척마혈신의 지시에 황소욱이 자신의 상태창을 오픈했다.

발해길드에 입단할 때도 상태창을 온전히 공개하지 않았지만.

지금은 목숨이 경각에 달린 상태이니 어쩔 수가 없었다.

"업적도 꽤 많이 쌓았네? 고랭크 스킬도 꽤 많고."

"감사합니다. 상태창을 보셨으니 아시겠지만, 전 이대로 사라지기에는 너무 아까운 인재입니다."

황소욱이 적극적으로 자신을 어필했다.

"서명해."

척마혈신이 영혼의 계약서를 내밀었다.

"예!"

자신의 어필이 통했다는 사실을 깨달은 황소욱이 환한 미소를 지으며 영혼의 계약서를 받아 들었다.

'이제 살았어.'

기쁜 마음으로 영혼의 계약서를 받아 든 황소욱의 얼굴이 처참하게 일그러졌다.

'이건 완전히 노예 계약서잖아.'

정확히 말하면 그것보다 심했다.

여기에 사인을 하면?

황소욱은 밥을 먹고, 잠을 자고, 화장실을 가는 것조차 척마혈신의 허락이 있어야 가능했다.

"왜, 싫어?"

척마혈신이 영혼의 계약서를 다시 거두어 가려 하자.

"아닙니다!"

황소욱이 재빨리 대답하며 손가락에 작은 상처를 낸 후 영혼의 계약서에 지장을 찍었다.

화악!

밝은 빛무리가 황소욱과 척마혈신의 몸에 스며들었다.

'일단은 살아남는 것만 생각하자. 영혼의 계약서는 한쪽이 사망하거나 서로 동의하면 해지할 수 있어.'

황소욱은 애써 희망을 가졌다.

그런 황소욱의 눈앞에.

[플레이어 강현수가 지휘관 임명 스킬을 사용했습니다. 수락하시겠습니까?]

[예] [아니오]

시스템 메시지가 떠올랐다.

"예를 선택해라."

척마혈신의 말에.

'영혼의 계약서를 썼으면 끝 아닌가? 이건 도대체 뭐야?'

황소욱이 잠시 망설였다.

그리고 그 순간, 영혼이 부서지는 것 같은 극심한 고통이 찾아왔다.

영혼의 계약서가 황소욱의 망설임을 계약 위반으로 간주한 것이다.

"크악!"

비명을 터트린 황소욱이 재빨리 예를 선택했다.

그 순간.

[중대장으로 임명되셨습니다.]
[모든 스텟이 10% 증가합니다.]

모든 스텟이 10%나 상승하는 버프를 손에 넣었다.
황소욱의 눈이 번뜩였다.
'나를 중요하게 쓸 모양이네.'
무려 10%다.
거기다 모든 스텟이 늘어나는 최상급 버프였다.
한데.
"지휘관의 축복."
이게 끝이 아니었다.

[지휘관의 축복을 받았습니다.]
[모든 스텟이 25% 증가합니다.]

"헉!"
절로 헉 소리가 나왔다.
모든 스텟이 무려 35%나 증가한 것이다.
"감사합니다! 앞으로 충성을 다해 척마혈신 님을 모시겠습
니다!"

황소욱이 재빨리 척마혈신 앞에 납작 엎드려 충성을 맹세
했다.

"그럼 첫 번째 명령을 내리지."

"예, 얼마든지 내려 주십시오!"

[레플리카 - SS랭크]

"눈앞에 보이는 이 스킬을 대상으로 모든 경험치를 소모해
서 스킬 강화를 시전해라."

"예? 그게 무슨?"

황소욱이 자기도 모르게 반문을 했다.

하지만 그 순간.

"으아아아악!"

영혼이 산산이 부서지고 개미가 전신을 갉아 먹는 것 같은
극심한 통증이 느껴졌다.

"스, 스킬 강화!"

고통에 못 이긴 황소욱이 재빨리 스킬 강화 스킬을 눈앞에
떠 있는 레플리카라는 스킬에 사용했다.

[현재 보유 중인 모든 경험치를 소모해 레플리카 - SS랭크의 등급을
상승시킵니다.]

[레벨이 0으로 하락하였습니다.]

0레벨
플레이어

그와 동시에 황소욱의 눈앞에 너무도 허탈한 메시지가 떠올랐다.

'0레벨?'

고통으로 인해 다급하게 스킬을 시전한 대가는 실로 엄청났다.

900레벨이던 황소욱의 레벨이 순식간에 0레벨로 곤두박질친 것이다.

'이게 가능한 일이었다니?'

황소욱은 스킬 강화를 타인에게 사용할 수 있다는 사실을 방금 처음 알았다.

지금까지는 당연히 자기 자신이 보유한 스킬에만 사용 가능한 줄 알았기 때문이다.

그런데 곰곰이 생각해 보니.

'타인에게 시전 불가능하다는 조건 따위는 없었어.'

그저 황소욱 혼자 착각했을 뿐이다.

"오늘 일에 대해서는 그 누구에게도 발설하지 마라."

"예!"

척마혈신의 말에 황소욱이 황급히 대답했다.

대답하지 않는 순간 찾아올 극심한 고통을 겪지 않기 위한 조건반사였다.

"들어와."

척마혈신의 말에 원주민 플레이어 하나가 모습을 드러냈

다.

"곧바로 작업을 시작하면 되겠습니까?"

"그래."

"작업이라니? 그게 무슨?"

당황한 황소욱이 물었지만.

척마혈신이나 원주민 플레이어나 아무 대답이 없었다.

그때 원주민 플레이어가 황소욱의 손등에 있는 인장에 정체를 알 수 없는 약품을 뿌렸다.

"서, 설마?"

그 모습에 화들짝 놀란 황소욱이 손을 빼려 했지만.

"가만히 있어."

척마혈신의 한마디에 얌전히 손을 내줄 수밖에 없었다.

원주민 플레이어에 의해 황소욱의 손등에 있던 테라 왕국 자유민의 인장이.

노예의 인장으로 바뀌어 버렸다.

"이럴 수가."

황소욱의 얼굴이 허탈함으로 물들었다.

그와 동시에 두 눈에서 하염없이 뜨거운 눈물이 흘러내렸다.

'내가 노예라니?'

0레벨 플레이어가 된 것도 모자라 신분까지 추락해 버렸다.

0레벨
플레이어

"작업이 끝났습니다."

황소욱의 자유민 인장을 노예의 인장으로 바꾼 후 원주민 플레이어가 자리를 떠났다.

"이제부터 넌 노예병이다."

척마혈신의 말에 황소욱이 이를 악물며 대답했다.

"예, 한데 한 가지 여쭤고 싶은 것이 있습니다."

"뭐지?"

"저를 노예병으로 부리실 거라면 레벨이 높은 편이 낫지 않습니까? 한데 어째서 저를 0레벨 플레이어로 만드셨는지요?"

마음 같아서는 왜 그랬냐고 멱살을 잡고 따지고 싶었지만. 그럴 수가 없었다.

생각을 행동으로 옮기는 순간, 극심한 통증이 찾아올 테니까.

"레벨이야 다시 올리면 그만이지. 넌 업적도 착실하게 쌓아 놔서 0레벨 플레이어지만 스텟이 250레벨 플레이어 수준은 되잖아."

"그렇기는 하지만."

"또 내가 버프도 줬으니까 실제 스텟은 330레벨 플레이어 수준이겠네. 거기다 보유한 스킬들의 랭크도 꽤 높은 편이니, 실제 전투력은 400레벨 플레이어 수준 정도는 되겠지."

"그럼 처음부터 다시 레벨을 올리라는 말씀이십니까?"

"그래."

"알겠습니다."

황소욱이 손톱이 살을 파고들 정도로 주먹을 움켜쥐었다.

마음 같아서는 묻고 싶었다.

그렇게 레벨을 올리고 나면 또 자신을 불러 스킬 강화를 사용하게 할 거냐고.

다시 0레벨 플레이어로 만들 거냐고.

하지만 차마.

입이 떨어지지 않았다.

척마혈신의 입에서 그렇다는 대답이 나오는 순간.

황소욱이 가지고 있는 유일한 희망이 사라져 버리기 때문이다.

"그럼 지금 당장 나가서 사냥부터 해. 검왕 장석원에게 말을 해 뒀으니, 지금까지처럼 발해길드에서 생활할 수 있을 거다."

"예."

황소욱이 반쯤 넋이 나간 표정으로 자리에서 일어나 비틀거리며 밖으로 나갔다.

'역시 효과가 좋네.'

0레벨
플레이어

강현수의 입가에 환한 미소가 피어올랐다.

그 이유는 단 하나.

[고유 스킬 레플리카가 SS랭크에서 SSS랭크로 성장하였습니다.]

고유 스킬 레플리카가 단숨에 SS랭크에서 SSS랭크로 성장했기 때문이다.

'내 가설이 맞았어.'

그간 강현수는 쿨타임이 돌 때마다 스킬 강화를 사용했다.

한 번 스킬 강화를 사용할 때마다 강현수의 레벨은.

'500~600레벨에서 0레벨로 하락하지.'

그 엄청난 경험치가 소모되었음에도.

'레플리카 스킬의 성장 속도는 상당히 느렸어.'

오히려 쿨타임이 끝날 때마다 시전해서 그런지 스킬 강화의 랭크가 예상보다 빨리 오르는 느낌이었다.

'회귀 전에 비하면 엄청난 속도이기는 하지만.'

먹어 치운 경험치에 비하자면?

'너무 보잘것없는 느낌이었지.'

그래서 이런 가설을 세워 봤다.

'스킬 강화에서 소모되는 경험치의 총량에 따라 상승 폭이 다를 확률이 높다.'

0~100레벨의 경험치와 100~200레벨의 경험치는.

'총량이 다르지.'

레벨이 오르면 오를수록 경험치를 올리기가 월등히 힘들 어진다.

특히 마의 구간이라 불리는 400~500레벨 구간부터는.

'레벨 업에 필요한 경험치 총량이 어마어마하게 증가하 지.'

경험치의 총량은 레벨을 올리면 올릴수록 더 가혹하게 늘 어난다.

'0~100레벨을 찍는 데 필요한 경험치와 800~900레벨을 찍는 데 필요한 경험치는 하늘과 땅 차이야.'

아니, 하늘과 땅 수준이 아니라 지구와 태양 정도의 어마 어마한 격차가 날 것이다.

그럼 당연히.

'스킬 강화가 소모하는 경험치의 총량도 차이가 날 수밖에 없어.'

강현수는 직접 이 가설을 확인해 보고 싶었다.

하지만.

'내가 직접 하는 건 손해지.'

쿨타임이 돌 때마다 스킬 강화를 사용하지 않으면?

스킬 강화의 성장 속도가 느려지고.

'누적 스텟에서도 손해를 볼 수밖에 없어.'

또 연쇄적으로 직업 일인사단의 숙련도 상승에도 문제가

생긴다.

0~500레벨을 찍는 데 필요한 경험치보다 500~600레벨을 찍는 데 필요한 경험치가 더 많지만.

500~600레벨을 찍어서 얻는 미분배 스텟은 1,000이고.

0~500레벨을 찍어서 얻는 미분배 스텟은 5,000이었으니까.

'가성비 면에서 절대 비교할 수가 없지.'

그래서 그간 테스트를 하고 싶어도 할 수가 없었는데.

황소욱 덕분에 테스트를 할 수 있었고.

그 결과.

강현수는 자신의 가설이 옳았다는 결과를 얻어 낼 수 있었다.

반나절 내전

'고맙다, 황소욱.'

황소욱이 아틀란티스 차원에 와서 꾸준히 쌓아 온 레벨 덕분에.

강현수의 고유 스킬 레플리카가 단숨에 SS랭크에서 SSS랭크로 성장했다.

'앞으로도 잘 부탁한다.'

황소욱이 열심히 레벨 업을 해서 경험치를 쌓아 놓으면?

다시 불러서 레플리카 스킬에 스킬 강화를 시전하도록 할 생각이었다.

'생각을 바꾸기를 잘했네.'

강현수는 원래 황소욱에게도 신소희와 같은 운명을 선물

할 생각이었다.

그러나 중간에 생각이 바뀌었다.

'황소욱을 죽인다고 EX랭크 스킬 강화 스킬북이 나온다는 보장도 없고.'

설사 나오더라도.

'사용 주기가 빨리질 뿐이지.'

소모되는 경험치의 절대량 자체는 동일했다.

그 말은?

'자주 사용해도 레플리카 스킬의 성장 속도는 동일하다는 뜻이지.'

그러나 황소욱을 살려 두고 사냥을 시키면?

'스킬 강화에 소모되는 경험치의 절대량이 늘어나지.'

그럼 레플레카 스킬의 성장 속도도 빨라진다.

결정적으로.

죽음이라는 안식을 주는 것보다 삶이라는 지옥을 선물해 주는 게.

'황소욱에게는 더 괴롭겠지.'

영혼의 계약서로 단단히 옭아맨 덕에.

황소욱은.

'모든 자유를 잃었어.'

스스로 생을 마감할 자유마저도 박탈당했다.

앞으로 황소욱은 생존에 필요한 최소한의 수면 시간과 식

0레벨
플레이어

사 시간을 제외하면.

'기계처럼 사냥만 하며 살아야 할 거다.'

그 와중에 올라가는 레벨, 버는 돈, 손에 넣은 아이템은.

모두 강현수의 차지였다.

살아 있는 지옥.

그게 강현수가 황소욱에게 내린 처벌이었다.

'이제 SSS랭크다.'

황소욱 덕분에 SS랭크에서 SSS랭크로 성장한 고유 스킬 레플리카는 이제 총 13개의 스킬을 보유할 수 있게 되었다.

증폭도 역시 200%에서.

'240%로 올라갔어.'

강현수가 주력으로 사용하는 모든 레플리카 스킬들의 위력이 40% 늘어난 것이다.

'회복했다.'

회귀 전 강현수의 레플리카 스킬 랭크는 SSS.

이제 겨우 회귀 전의 랭크에 도달했다.

'다음은 EX랭크다.'

강현수도 가 보지 못했던 길이었지만.

'지금은 얼마든지 가능해.'

강현수도 열심히 노력할 것이고.

스킬 랭크 상승 노예 황소욱도 열심히 노력할 테니까.

강현수가 자리에서 일어났다.

'그럼 이제 소환수를 채워 볼까.'

18,800기로 늘어난 소환수 TO를 가득 채우려면?

지금부터 부지런히 움직여야 했다.

⊹

강현수는 기계적으로 일과를 소화했다.

송하나와 투황을 데리고 함께 사냥을 하며 레벨 업을 하고 소환수를 늘린다.

그 후 쿨타임이 돌 때마다 스킬 강화를 사용했다.

중간중간 현실이라는 지옥 속에서 살아가고 있는 황소욱을 불러 스킬 강화를 사용하도록 했다.

황소욱이 저지른 범죄는 모두에게 알려졌다.

그래서 모든 이들의 손가락질과 괴롭힘을 받았다.

신분이 노예로 떨어졌기에 최소한의 인간적인 대접도 받지 못하고 돼지우리에서 자고 개밥을 먹는 짐승과 같은 삶을 살아야 했다.

처참한 환경 속에서 잠자는 시간과 밥 먹는 시간까지 줄여 가며 쉼 없이 사냥해 열심히 레벨을 올려놓으면?

강현수가 불러서 다시금 0레벨 플레이어로 만든 후 사냥터로 투입시켰다.

절대 빠져나갈 수 없는 짐승 취급을 받는 노예의 삶에 황소욱의 정신은 붕괴하기 일보 직전이었지만.

높은 정신력 스탯 강제력 때문에 미치지도 못했다.

황소욱은 강현수의 제안을 받아들인 것을 후회했다.

그래서 강현수를 만날 때마다 제발 죽여 달라고 애걸복걸했지만.

강현수는 황소욱의 부탁을 들어줄 생각이 없었다.

다람쥐 쳇바퀴 돌듯 단조롭게 반복되는 일상.

그중에서도 강현수를 가장 괴롭히는 건.

바로 독초 먹기였다.

강현수는 매일매일 꾸준히 그것도 여러 번에 나눠 황금 군주 사에마알이 보내 준 독초를 씹으며 고통스러운 시간을 보냈다.

그 덕분에 1에 불과하던 독성 스탯이 빠르게 올라갔지만.

그럴수록 강현수가 먹어야 하는 독초의 독성만 상승하는 결과를 가지고 왔다.

'엄청 쓰네.'

오늘도 독초를 씹으며 평범한(?) 일상을 즐기고 있던 강현수에게 좋은 소식이 전해졌다.

바로 황태자 로디우스 2세의 폐위 소식이었다.

오공작파를 포함해 황제파 귀족들까지 크게 반대를 했지만.

'뚝심이 있단 말이지.'

황제 로디우스 1세는 과감하게 로디우스 2세를 황태자 자리에서 내쳤다.

단 황족의 신분은 유지시켰다.

그리고.

곧바로 황족이 된 세실리아를 황태녀로 임명했다.

로크토 제국의 차기 황제 자리가 하루아침에 뒤바뀐 것이다.

사생아라서 안 된다.

여자라서 안 된다.

아들이 있는데 손녀에게 황위를 물려주는 건 말도 안 된다.

그 외에도 수많은 반발이 솟구쳤지만.

이미 결심을 굳힌 황제 로디우스 1세의 결정을 뒤집을 수는 없었다.

'로크토 제국을 이렇게 손쉽게 장악할 수 있을 줄이야.'

강현수 입장에서는 호재도 이런 호재가 없었다.

그런데.

좋은 일에는 마가 낀다는 말처럼.

일주일 후 강현수에게 안 좋은 소식 하나가 들이닥쳤다.

─주군, 황제 로디우스 1세가 사망했습니다.

황태녀가 된 세실리아의 보고에 강현수는 화들짝 놀랐다.

─로디우스 1세가 벌써 죽었다고?

-예.

세실리아를 후계자로 지명하고 죽었으니 별다른 문제가 없다고 생각할 수도 있지만.

'아직 세실리아의 입지는 그리 탄탄하지 못해.'

중립파 귀족들의 절대적인 지지를 받고 있지만.

'세 파벌 중 세력이 가장 약하지.'

가장 큰 세력은 황제파와 오공작파.

아군이어야 할 황제파 중에서도 반대하는 이들이 많았고.

로디우스 1세와 대립 중인 오공작파는 아예 대놓고 반대를 했다.

'벌써 죽으면 곤란한데.'

로디우스 1세는 아직 죽을 때가 아니었다.

황제파 귀족들을 세실리아의 수족으로 만들고 오공작파의 기세를 꺾은 후 죽어야 했다.

거기다.

'뭔가 이상한데, 이건 너무 빨라.'

회귀 전과 달리 로디우스 1세의 건강이 빠른 속도로 악화되기는 했지만.

온갖 몸에 좋은 보약과 아이템을 달고 살았기에 갑자기 급사할 정도로 건강이 안 좋지는 않았다.

'아무리 변수가 생겨 로디우스 1세의 수명이 회귀 전보다 줄었다고 해도.'

이 정도로 크게 단축되는 건 뭔가 이상했다.

-혹시 암살인가?

-그럴 가능성도 배제할 수는 없지만, 현재로서는 알 수 없습니다.

-내가 로크토 제국으로 가겠다.

강현수가 사냥을 중지하고 곧바로 로크토 제국으로 향했다.

그 와중에.

일이 또 터졌다.

로크토 제국의 황제 로디우스 1세가 암살당했다는 증거물이 발견된 것이다.

범인도 잡혔다.

증거물은 신경독이었고.

범인은 황태녀인 세실리아의 시중을 드는 시녀였다.

그리고 범인은 세실리아 황태녀의 지시로 황제인 로디우스 1세에게 신경독이 든 음식을 진상했다고 자백을 했다.

오공작파는 황태녀 세실리아를 패륜아라고 맹비난하며.

황태자였던 로디우스 2세를 차기 황제로 옹립하겠다는 뜻을 천명함과 함께.

군사를 일으켰다.

'이런 미친.'

로크토 제국으로 향하는 와중에 상황 보고를 들은 강현수는.

'로디우스 2세 이 미친놈이.'

순식간에 상황을 파악했다.

그 인간 망종이.

'황위에 눈이 멀어 아버지를 죽였다.'

그것도 아버지의 정적이라고 할 수 있는 오공작파와 손을 잡고 말이다.

"로디우스 2세는?"

로크토 제국에 도착한 강현수가 다급하게 세실리아에게 물었다.

"이미 황궁을 빠져나가 오공작파의 군대에 합류했습니다."

역시 예상대로였다.

"아군 전력은?"

"검성 로하스 공작이 근위 기사들을 소집했지만 불응하는 이들이 절반 이상입니다. 중앙군 역시 1군단과 2군단만 응답했을 뿐 나머지는 아무런 대답이 없습니다."

세실리아가 황족 명부에 이름을 올리고 채 한 달이 지나지 않았다.

황태녀로 임명된 것도 바로 일주일 전이다.

정상적인 상황이라면?

황제인 로디우스 1세가 죽었으니 황제파 세력과 병력이 온전히 차기 황제인 세실리아를 따라야 했다.

하지만.

'세실리아를 황제로 인정하지 못하겠다는 거겠지.'

폐위된 황태자 로디우스 2세와 오공작파가 무리하게 일을 진행한 이유가 있었다.

시간이 흐르면 로디우스 2세가 황위를 차지할 가능성이 아예 제로가 되기 때문이다.

'상식적인 사람이라면 세실리아가 로디우스 1세를 암살할 리가 없다고 생각하겠지만.'

지금 중요한 건 상식이 아니라.

'힘이지.'

역사는 승자의 기록이다.

오공작파가 승리한다면?

세실리아는 할아버지인 황제 로디우스 1세를 협박 후 살해하여 황위를 강제로 찬탈하려 한 악녀로 기록될 것이고.

세실리아가 승리한다면?

로디우스 2세는 친딸에게 황위를 빼앗긴 것에 앙심을 품고 친부를 살해한 패륜아로 기록될 것이다.

"전황이 불리하군. 오공작파의 병력은 얼마나 되지?"

"정확하지는 않지만 아무리 낮게 잡아도 50만에 육박할 것으로 보입니다."

"아군은?"

"1군단과 2군단을 모두 합쳐 10만 명에 불과합니다."

로크토 제국에는 총 21개의 정규 군단이 있고 총병력은 1백만이 넘는다.

한데 그중 고작 두 개 군단만이 세실리아의 명에 따라 병력을 움직였고.

나머지 19개 군단은 침묵을 지키고 있었다.

"중립파 귀족들의 병력은 얼마나 되지?"

"모조리 긁어모아도 10만 남짓입니다. 한데 그중에서 얼마나 응할지는 모르겠습니다."

아군은 아무리 빡빡 긁어모아도 20만이 채 안 되고.

거기서 더 줄어들 확률이 높다.

반면 반란군은 최하가 50만이고.

병력이 더 늘어날 확률이 높다.

"대단하네."

로디우스 2세와 오공작파의 노림수가 제대로 먹혀들었다.

정규 군단의 군단장은 모두 황제파 귀족들이다.

당연히 원래대로라면 차기 황제인 세실리아의 명령에 따라야 했다.

하지만.

'황제파 귀족만큼 정통성 따지기 좋아하는 놈들도 없지.'

노예의 피가 흐르는 사생아.

아들도 아니고 딸도 아니고 손녀.

차라리 폐위된 황태자 로디우스 2세가 차기 황제가 되는 게 모양새도 살고.

'자기들 잇속 챙기기도 좋겠지.'

속전속결로 움직여야 했다.

시간을 길게 끌면?

얌전히 중립을 지키며 눈치만 보고 있던 19개 군단 중 일부가 오공작파에 붙을 수도 있다.

그렇게 되면?

그렇지 않아도 열세인 병력 차이가 더 극심하게 벌어진다.

'내전만큼은 피하려고 했는데.'

회귀 전의 로크토 제국은 세실리아가 벌인 내전으로 인해 멸망했다.

그렇기에 회귀 후 로크토 제국의 내전이 벌어지지 않게 하기 위해 여러 노력을 기울였다.

'세실리아를 휘하에 넣고 로디우스 1세가 마음을 바꿔서 쉽게 갈 줄 알았는데.'

일이 꼬여 버렸다.

'최단 시간 안에 내전을 끝낸다.'

그리고 이 기회에.

'오공작파를 쓸어버린다.'

그럼 세실리아가 절대 황권을 쥘 수 있다.

'차라리 잘됐어.'

두고두고 골칫거리가 될 장애물은 미리 처리해 버리는 게 나았다.

"네가 해야 할 일은 알고 있겠지?"

"예."

세실리아는 로디우스 1세가 인정한 정통 후계자.

로디우스 1세를 암살할 이유 따위는 존재하지 않는다.

'정통성과 명분은 이쪽이 가지고 있어.'

로디우스 2세와 오공작파는 힘으로 찍어 누르면 그만이라고 생각하는 모양이지만.

'힘은 이쪽이 더 우위에 있다고.'

강현수가 몸을 움직였다.

도플갱어 소환수들을 이용해.

반란군의 진영에 잠입한 후 로디우스 2세나 오공작을 제거할 생각이었다.

그때.

꽈아아앙!

커다란 폭음과 함께.

강대한 마력이 요동치고.

챙! 파강!

쇠붙이가 부딪치는 소음이 터져 나왔다.

"반란군을 막아라! 목숨을 걸고 세실리아 황태녀 전하를 지켜라!"

"패륜아 세실리아의 목을 베고 황좌를 정당한 후계자에게 돌려드리자!"

검성 로하스 공작의 외침과 정체를 알 수 없는 플레이어의 음성이 마력을 타고 황궁 전역으로 퍼져 나갔다.

"하!"

강현수는 기가 찼다.

'너희들도 내전은 싫다 이거지?'

수십만의 대군이 서로 내전을 벌이면?

설사 반란군이 승리하더라도 상처뿐인 영광이다.

최소한의 피해로 로크토 제국의 황좌를 손에 넣는 방법은.

머리를 도려내는 것.

세실리아만 죽으면?

내전은 벌어지지 않는다.

'근위 기사도 고작 절반 정도만 세실리아를 따르고 있고.'

세실리아의 지시를 따르는 제1군단과 제2군단은 수도로 향하는 요충지를 수비하는 부대였다.

황실 내부의 수비는 근위 기사와 근위병이 맡고 수도의 수비는 수도 군단이 맡고 있는데.

'수도 군단은 세실리아의 명령에 응하지 않았어.'

간을 보고 있을 확률이 높았다.

반란군 입장에서는?

검성 로하스 공작과 그를 따르는 근위 기사와 근위병만 쓸어버리면?

손쉽게 세실리아의 목을 베고 황궁을 장악할 수 있다고 생각할 수도 있었다.

'아주 좋은 선택을 해 줬네.'

강현수의 입가에 환한 미소가 피어올랐다.

잘하면.

'하루 만에 반란을 진압할 수도 있겠어.'

강현수가 밖으로 나갔다.

"와아아아!"

근위 기사와 근위병 들이 내성을 수호하며 반란군과 치열한 접전을 벌이고 있었다.

그러나 한눈에 봐도 근위 기사들과 근위병들이 밀리는 형국이었다.

꽈아앙! 꽈아앙!

검성 로하스 공작 역시 두 명의 플레이어에게 둘러싸여 정신없이 밀리고 있었다.

타악!

허공으로 몸을 날린 강현수의 전신이.

콰콰콰콰콰!

핏빛 오러로 물들었다.

휘익!

강현수가 검을 휘두르는 순간.

꽈아아앙!

커다란 폭음이 터져 나오며 수백에 달하는 반란군이 목숨을 잃었다.

"네임드 플레이어다!"

"잡아!"

반란군 지휘관들의 외침과 함께 한 무리의 플레이어들이 강현수를 향해 벌 떼처럼 달려들었다.

'일단 숫자부터 맞춰야겠네. 사단 소환.'

강현수가 인간형 소환수들만 소환했다.

사아아악!

그리고.

'쓸어버려.'

명령을 내렸다.

연대장의 직책을 가지고 있는 도플갱어 킹 탈리만, 권황, 무존, 무란의 수호성, 도왕이 최선두에 섰고.

대대장, 중대장, 소대장, 분대장으로 이루어진 인간형 소환수들이 그 뒤를 따랐다.

콰콰콰콰콰!

파지지직! 화르르륵!

각양각색의 오러와 공격 스킬이 피어올랐고.

순식간에.

"아아악!"

"괴물이다!"

"살려 줘!"

일방적인 대학살극이 펼쳤다.

"어서 저놈들을 막아!"

반란군의 총지휘관 다고베 백작이 목이 터져라 소리를 질렀다.

이에 몇몇 플레이어들이 달려들었지만.

"커억!"

"크아아악!"

속절없이 밀리거나 힘없이 죽어 나갔다.

강현수가 정예만 엄선해 뽑은 소환수들이다.

최선두에서 활약하고 있는 연대장의 직책을 가진 소환수들의 무력은 최상위 네임드 플레이어와 대등한 수준이었고.

그 뒤를 받치는 대대장급 같은 경우도 최상위 도플갱어와 광살마존 그리고 호왕 같은 상위 네임드 플레이어를 바탕으로 만들어졌기에.

웬만한 중하위 네임드 플레이어는 가볍게 씹어 먹을 무력을 지니고 있었다.

당연히 반란군 중에도 네임드 플레이어와 랭커 플레이어들이 있었지만.

그중 일부만 힘겹게 버틸 뿐.

"으아아악!"

"커어억!"

나머지는 강현수와 소환수들에게 속수무책으로 죽어 나갔다.

"저놈들은 갑자기 어디서 튀어나온 거야?"

반란군의 총지휘관 다고베 백작이 얼이 빠진 표정으로 중얼거렸다.

로디우스 2세와 오공작파는 황위 쟁탈전을 빠르게 끝내기 위해 최정예 병력을 선발해 황궁에 투입시켰다.

황궁을 지키는 근위 기사들은 모두 고레벨 플레이어로 이루어져 있고.

그중에는 네임드 플레이어와 랭커 플레이어도 포함되어 있었다.

특히 제1근위 기사단장 검성 로하스 공작은 모두가 인정하는 로크토 제국 최강의 플레이어 중 한 명이었다.

이에 로디우스 2세와 오공작파는 휘하에 있는 최상위 플레이어 전력을 총출동시켰다.

권무제, 검미성, 철혈왕, 투전왕, 혈루왕, 검령왕, 마도왕도 모자라.

30명의 네임드 플레이어를 투입한 것이다.

충분히 자신이 있었다.

권무제와 검미성이 검성 로하스 공작을 완벽하게 봉쇄했고.

철혈왕, 투전왕, 혈루왕, 검령왕, 마도왕을 선두로 하여 30명의 네임드 플레이어가 일방적으로 근위 기사들을 몰아붙이고 있었다.

한데.

갑자기 상황이 급변한 것이다.

"크아아악!"

철혈왕의 몸이 둘로 쪼개지며 목숨을 잃었고.

투전황의 머리가 터져 나갔으며.

혈루왕의 눈이 뽑혀 나갔고.

검령왕의 양팔이 잘려 나갔다.

마도왕의 경우 후방에 있어 겨우 목숨을 보존하고 있었는데.

콰직!

갑자기 나타난 칠흑빛 갑옷을 입은 플레이어의 암습에.

"커억!"

너무도 허무하게 목숨을 잃었다.

"죽여!"

총지휘관 다고베 백작의 명령이 떨어졌고.

마도왕을 암살하기 위해 반란군의 중심지에 들어온 칠흑빛 갑옷을 입은 플레이어를 향해.

콰콰콰콰!

파지지직!

화르르륵!

반란군의 공격이 비처럼 쏟아졌다.

그러나.

꽈앙! 꽈앙! 꽈앙!

아무런 소용이 없었다.

"크어억!"

"저런 괴물을 어떻게 죽이라는 거야?"

죽어 나가는 것은.

반란군 소속의 플레이어들이었다.

"도대체 저놈은 뭐야?"

반란군의 총지휘관 다고베 백작이 기가 찬 표정으로 중얼거렸다.

그때.

"처, 척마혈신입니다!"

반란군의 총지휘관 다고베 백작의 부하 중 하나가 칠흑빛 갑옷을 입은 플레이어의 정체를 알아차렸다.

"다크 나이트의 수장?"

"맞습니다."

"그럼 저놈들은?"

"다크 나이트일 확률이 높습니다."

"이런 젠장!"

반란군의 총지휘관 다고베 백작이 욕설을 내뱉었다.

이제야 왜 아군이 일방적으로 밀렸는지 알 수 있었다.

무려 신의 칭호를 가진 네임드 플레이어가 속해 있는 집단이 전투에 참여했으니.

'당연히 속수무책으로 밀릴 수밖에 없지.'

황제인 로디우스 1세가 사망하고 반나절이 채 지나지 않았다.

그래서 속전속결이 가능할 거라고 생각했는데.

'다크 나이트가 이렇게 빨리 개입을 해 오다니.'

검성 로하스 공작의 발만 묶어 놓으면 필승이라고 생각했는데.

다크 나이트라는 변수가 생겨 버렸다.

'승산이 없어.'

이대로 계속 싸우면 전멸이다.

"전군 철……."

반란군의 총지휘관 다고베 백작이 철수를 명령하려는 순간.

서걱!

핏빛 오러에 휩싸인 한 자루의 검이 그대로 반란군 총지휘관 다고베 백작의 목을 베어 버렸다.

"히익!"

"다고베 백작 각하가!"

반란군 총지휘관 다고베 백작이 목숨을 잃자 반란군은 혼란에 휩싸였다.

일부는 도망쳤고.

일부는 계속 싸웠다.

'쉽네.'

강현수가 미소를 지으며 적 지휘관들을 우선적으로 제거했다.

반란군이 순식간에 무너져 내렸다.

'저 둘도 제거해야지.'

검성 로하스 공작과 치열한 접전을 벌이고 있던 권무제와 검미성은 상황이 불리해지자 재빨리 몸을 빼려고 했다.

'막아.'

강현수의 명령이 떨어지자 도플갱어 킹 탈리만을 비롯한 연대장 소환수들이 권무제와 검미성의 앞을 가로막았다.

"이놈들!"

"비켜라!"

권무제와 검미성이 목소리를 높이며 포위망을 뚫으려고

했지만.

꽈아아앙!

"커억!"

도플갱어 킹 탈리만을 비롯한 연대장들의 합공에.

서걱!

"아아악!"

포위망을 뚫기는커녕 오히려 팔과 얼굴에 적잖은 부상을 입고 힘없이 밀려 버렸다.

"이게 무슨?"

"갑자기 이런 강자들이 어디서 튀어나온 거야?"

권무제와 검미성의 표정이 절망으로 물들었다.

그러는 사이.

강현수가 권무제와 검미성 앞에 모습을 드러냈다.

콰콰콰콰!

핏빛 오러에 휩싸인 강현수가 합류해 맹공을 퍼붓자.

"내 오러가?"

오러가 눈 녹듯 사라졌고.

"도대체 왜 스킬이?"

방어 스킬이 분쇄되고 상처의 회복이 멈췄다.

실력도 모자라고.

머리 숫자도 부족하고.

스킬도 제대로 발동되지 않자.

권무제와 검미성은 제와 성의 칭호를 가지고 있는 최상위 네임드 플레이어라고는 믿기 힘들 정도로 허무하게.

"커억!"

"아악!"

목이 날아가고 심장이 꿰뚫리며.

목숨을 잃었다.

그 뒤부터는 일방적인 학살이 벌어졌다.

반란군은 단 한 명도 살아 돌아가지 못하고 그대로 전멸했다.

"오셨군요."

검성 로하스 공작이 강현수에게 다가왔다.

한데 표정이 좋지가 않았다.

"생포하는 게 좋지 않았을까요?"

검성 로하스 공작은 권무제와 검미성이 죽은 게 안타까운 듯했다.

그 둘은 어찌 되었든 로크토 제국 소속이었고.

생포한 후 영혼의 계약서나 신념의 서약으로 종속시켜 부려먹는 방법도 있었으니까 말이다.

"저들은 차기 황제를 죽이겠다고 칼을 들이민 역적입니다. 실력이 있다고 역적을 살려 주실 생각이십니까?"

강현수의 물음에.

"아닙니다."

검성 로하스 공작이 고개를 가로저었다.

"제가 생각이 짧았습니다. 척마혈신 님의 말이 맞습니다. 역적은 모두 목을 베어야지요."

황태녀 세실리아는 아직 정식으로 황위에 오르지도 못했다.

한데 반란이 벌어졌다.

실력이 있는 반란군에게 자비를 베푼다면?

제2, 제3의 반란이 일어날 수도 있었다.

"황궁을 지켜 주십시오."

"다크 나이트 단독으로 반란군을 치실 생각이십니까?"

"네."

원래 강현수는 단독으로 로디우스 2세와 오공작을 제거할 생각이었다.

'쉽지 않을 것 같았는데.'

오히려 로디우스 2세와 오공작이 선수를 치면서.

'일이 쉬워졌어.'

알아서 최정예 부대를 고스란히 가져다 바쳐 줬으니까 말이다.

거기다 강현수에게는.

'사단 구성.'

직업 일인사단이 있었다.

강현수가 방금 전 죽은 권무제, 검미성, 철혈왕, 투전왕,

혈루왕, 검령왕, 마도왕을 비롯한 30명의 네임드 플레이어를 소환수로 부활시켰다.

'고맙다.'

로디우스 2세와 오공작의 삽질 덕분에 적군의 전력이 줄어든 만큼.

아군의 전력이 늘어났다.

"잘 부탁드립니다. 저도 함께 가고 싶지만 그럴 수가 없군요."

제1근위 기사 단장인 검성 로하스 공작의 가장 중요한 목표는 차기 황제 세실리아를 지키는 것이니.

황궁을 벗어날 수가 없었다.

"날이 새기 전에 반란군을 말끔하게 정리하고 돌아오겠습니다."

강현수가 그 말과 함께 몸을 날렸다.

"지금쯤 세실리아 그년의 목을 베었겠지?"

로디우스 2세가 초조한 표정으로 일공작 세르도프에게 물었다.

"예, 그럴 것이옵니다, 황제 폐하."

"그런데 왜 아직 소식이 없는 거야?"

로디우스 2세의 신경질에 일공작 세르도프가 얼굴을 찌푸렸다.

"차분히 기다리십시오. 금방 연락이 올 것입니다."

"도대체 그 이야기만 몇 번째야? 다시 사람을 보내 보라고!"

로디우스 2세의 성질에 일공작 세르도프는 화가 끓어올랐다.

하지만 참았다.

'무조건 이 녀석을 황제 자리에 올려야 한다.'

황제 폐하라고 부르고 있지만.

실제로 로디우스 2세는 폐위당한 황태자일 뿐이다.

그러나 황궁을 급습한 정예 병력이 황태녀 세실리아의 목만 베어 내면?

'이놈을 허수아비 황제 자리에 앉힐 수 있다.'

그럼 오공작의 세상이 열린다.

'순리대로 일을 진행했다면 좋았을 것을.'

그럼 황제인 로디우스 1세를 독살하고 반란을 일으키는 위험한 모험을 할 필요가 없었다.

하지만.

그간 계속 오공작을 압박하던 황제 로디우스 1세가 후계자를 바꿔 버렸다.

'황태녀 세실리아는 제 아비와 달라.'

중립파의 수장이 바로 황태녀 세실리아였다.

　거기다 무슨 수작을 부렸는지 온갖 압박을 통해 오공작파의 귀족들 중 일부를 자신의 수족으로 만들었다.

　황태녀 세실리아를 탐탁지 않게 생각하던 황제파 귀족들역시 마찬가지로 빠르게 포섭하기 시작했다.

　큰 균열은 아니었다.

　그러나.

　'고작 일주일 만에 그 정도 숫자의 귀족들을 휘하에 끌어모았어.'

　시간이 더 흐르면?

　오공작파는 제대로 싸워 보지도 못하고 패배하게 생겼다.

　황태녀 세실리아가 황제 로디우스 1세의 뒤를 이어 오공작을 압박한다면?

　'우리가 움켜쥐고 있는 권력을 모두 내려놔야 한다.'

　이대로 가만히 앉아서 당할 수는 없었다.

　그래서 은근히 분위기를 풍겼는데.

　이공작과 삼공작의 태도가 부정적이었다.

　그래서 사공작, 오공작과 모의해 계획을 실행시켰다.

　'이미 일은 벌어졌어.'

　그럼 이공작과 삼공작도 울며 겨자 먹기로 따라올 수밖에없다.

　'어리석은 놈들.'

로디우스 2세가 새로운 황제 자리에 오르면?

이번 일을 주도한 자신이 일등공신이 될 것이다.

일공작 세르도프가 로디우스 2세를 내버려 두고 밖으로 나왔다.

"아직도 소식이 없나?"

밖으로 나오자마자 사공작 오르페수스가 물었다.

"조금만 기다려 보게."

"이거 너무 오래 걸리는데? 혹시 일이 잘못된 거 아닌가?"

초조한 표정을 짓고 있던 오공작 베레프코니가 초 치는 소리를 했다.

"걱정하지 말라니까. 검성 로하스 공작이 아무리 강해도 권무제와 검미성을 어찌할 수는 없네."

"이공작과 삼공작이 황태녀 편에 서면 어쩌지?"

"그럴 리가 없네. 그 둘과 우리는 한 몸이야. 일이 벌어진 이상 그놈들은 결국 우리 편을 들 수밖에 없네."

"그렇기는 하지만."

"그만하게!"

오공작 베레프코니가 자꾸 부정적인 말을 하자 일공작 세르도프가 빽 하고 소리를 질렀다.

"이미 일은 벌어졌네! 부정적인 이야기를 해 봐야 아무런 쓸모가 없단 말일세! 권무제와 검미성이 이끄는 특공대가 패배했다면, 전면전을 벌이면 그만이네!"

사실 일공작 세르도프도 초조하기는 마찬가지였다.

황태녀 세실리아의 목을 베었다는 소식이 올 때가 한참 지났는데, 아직까지 잠잠했기 때문이다.

'정말 실패한 건 아니겠지?'

그때.

"권무제 디제레미 후작과 검미성 브래들리 후작이 도착했습니다."

다행히 희소식이 전해졌다.

"세실리아의 목은 베었다더냐?"

"생포해 왔다고 합니다."

"당장 이리로 데리고 오너라!"

일공작 세르도프가 명령을 내린 후 로디우스 2세를 데리고 나왔다.

"세실리아 그년을 생포했다고?"

"예, 그렇사옵니다."

"오오오, 정말 잘되었구나."

로디우스 2세의 얼굴에 화색이 돌았다.

잠시 후.

권무제와 검미성이 다른 네임드 플레이어들과 함께 포박되어 있는 황태녀 세실리아를 데리고 모습을 드러냈다.

"하하하, 디제레미 후작 그리고 브래들리 후작, 두 사람이 아주 잘해 주었소!"

일공작 세르도프가 대소를 터트리며 두 사람의 공을 치하했다.

"세실리아, 이 빌어먹을 년!"

그러나 로디우스 2세의 눈에는 황태녀 세실리아만이 눈에 들어온 듯했다.

"내 네년을 곱게 죽이지 않을 것이다!"

살기와 광기로 번들거리는 눈을 한 로디우스 2세가 성큼성큼 다가가 포박되어 있는 황태녀 세실리아의 목을 움켜쥐었다.

그 순간.

콰드득!

살이 찢어지고 뼈가 부서지는 소음과 함께.

"크아아아악!"

로디우스 2세의 입에서 처절한 비명이 터져 나왔다.

"이게 무슨?"

일공작 세르도프가 화들짝 놀랐다.

단단하게 포박되어 있던 황태녀 세실리아가 포박을 손쉽게 끊어 내고 오른손을 뻗어.

자신의 목을 잡은 로디우스 2세의 오른손을 그대로 으깨 버렸기 때문이다.

"피하시오!"

뒤늦게 사공작 오르페수스의 외침이 터져 나왔지만.

콰직!

권무제 디제레미 후작의 주먹이 일공작 세르도프의 갈비뼈를 부수고 심장을 꿰뚫었다.

"이, 이게 무슨?"

최측근인 권무제 디제레미 후작이 자신을 공격할 거라고는 꿈에도 상상하지 못한 일공작 세르도프가 너무도 허무하게.

목숨을 잃었다.

그리고 그 뒤를 이어.

우드득!

어느새 황태녀 세실리아가 아니라 전혀 모르는 이의 얼굴과 남자의 체형으로 변한 존재의 손에 의해.

로디우스 2세는 목이 부러지며 허망하게 목숨을 잃었다.

평생을 황태자로 살아왔고.

황태자에서 폐위된 후 친부인 황제를 암살하고 반란을 일으켜 황위를 찬탈하려 했던 로디우스 2세의 죽음치고는.

너무나도 허망했다.

"저들은 디제레미 후작과 브래들리 후작이 아니다! 죽여라!"

뒤늦게 상황을 파악한 사공작 오르페수스가 다급하게 공격 명령을 내렸다.

하지만.

"이미 늦었어. 사단 소환."

디제레미 후작과 브래들리 후작의 수하 중 하나로 위장하고 있던 강현수의 외침과 함께.

인간형 소환수들이 모두 소환되었고.

"죽여라."

일방적인 학살이 벌어지기 시작했다.

"이게 무슨?"

주동자인 일공작 세르도프와 차기 황제 로디우스 2세가 허망하게 사망하자.

오공작 베레프코니는 패닉에 빠졌다.

"적들이 아군으로 위장을 한 거네! 함정에 빠진 거야!"

사공작 오르페수스는 그나마 머리가 잘 돌아갔다.

순식간에 진실을 파악한 것이다.

"그럼 어떻게 하나?"

"저들을 죽여야지."

"이미 로디우스 2세가 죽었네."

그들이 차기 황제로 옹립하려고 했던 인물은 로디우스 2세.

그가 죽은 이상 반란은 제대로 시작도 하기 전에 물거품이 된 거나 마찬가지였다.

"그 자식들이 있지 않나."

로디우스 2세에게는 그를 쏙 빼닮은 망나니 자식들이 있었다.

"거기다 우리는 발을 빼기에는 너무 늦었네. 지금 항복한다고 황태녀 세실리아가 우리를 살려 둘 것 같나?"

이미 사공작 오르페수스와 오공작 베레프코니는 돌아올 수 없는 강을 건넜다.

"죽여라! 저놈들을 죽여!"

뒤늦게 상황을 파악한 오공작 베레프코니가 목이 터져라 공격 명령을 내렸다.

그러나 상황은 절망적이었다.

분명 숫자도 더 많았고.

포위망을 구성하고 있는 쪽은 아군이었는데.

"크아아아악!"

"괴물이다!"

"살려 줘!"

너무도 일방적으로 아군이 쓸려 나가고 있었다.

"뒷일을 도모하세."

사공작 오르페수스가 오공작 베레프코니에게 말했다.

이곳에 있는 이들은 사공작 오르페수스와 오공작 베레프코니가 보유한 병력의 극히 일부에 불과했다.

계획이 틀어졌다면?

남은 건 영지병을 총동원한 전면전밖에 없었다.

"알겠네."

사공작 오르페수스와 오공작 베레프코니는 수하들이 시간을 벌고 있는 사이 다급하게 몸을 날렸다.

"어디를 그렇게 급하게 가시나."

그러나 그들 두 사람의 앞을, 전신을 칠흑빛 갑주로 완전 무장한 플레이어 하나가 가로막았다.

"치워라!"

오공작 베레프코니의 명령에 호위 기사들이 달려들었지만.

콰콰콰콰콰!

핏빛 오러를 뿜어내는 상대의 일격에.

"아아악!"

순식간에 몰살당해 버렸다.

"척마혈신! 다크 나이트가 황태녀 세실리아에게 붙었구나!"

사공작 오르페수스가 순식간에 상황을 파악했다.

"제법 눈치가 빠르네, 인류의 배신자."

강현수가 미소를 지으며 사공작 오르페수스를 바라봤다.

"반란을 일으켜 줘서 고마워."

사실 세실리아가 황제의 자리에 오르더라도.

아무런 증거도 없이 단단한 결속력을 자랑하는 오공작파의 일원인 사공작 오르페수스를 제거하는 것은 쉽지 않았다.

그래서 도플갱어 소환수들을 통해 사공작 오르페수스를 몰락시킬 계획이었는데.

알아서 반란을 일으켜 준 덕에 더 빠르고 손쉬운 처리가 가능해졌다.

"이익!"

사공작 오르페수스가 이를 악물었다.

하지만 지금 할 수 있는 건.

"두고 보자!"

뻔하디뻔한 악당의 대사를 내뱉으며 도망치는 것뿐이었다.

"어딜 가려고."

그러나 강현수는 사공작 오르페수스를 놓아줄 생각이 없었다.

순식간에 호위 기사들이 죽어 나갔고.

"히익! 항복하겠네! 그러니 제발 살려 주게!"

서걱!

목숨을 구걸한 오공작 베레프코니의 목까지 베어 버렸다.

그 시간 동안 사공작 오르페수스는 최대한 멀리 도망쳤지만.

"어딜 그렇게 바쁘게 가시나?"

금방 따라잡혔다.

사공작 오르페수스는 이미 독 안에 든 쥐나 마찬가지였다.

"나를 놓아 다오. 그러지 않으면 네놈도 이 자리에서 죽는다."

사공작 오르페수스가 비장한 목소리로 강현수에게 경고했다.

"죽음의 맹약이라도 맺어 놨나?"

강현수가 사공작 오르페수스를 향해 물었다.

"네놈, 꽤 많은 걸 알고 있구나. 그래, 죽음의 맹약을 맺었다. 내가 죽으면 내 몸에 평범한 마족이 아니라 마계 백작이 강림할 것이다."

"마계 백작이라."

"그분이 강림하면 너는 죽은 목숨이다."

마계 백작은 현재의 강현수에게 확실히 버거운 상대다.

마룡 카라스와 도플갱어 킹 탈리만은 최하급 마계 귀족임에도 엄청나게 강했으니까.

하지만 그건 어디까지나 온전한 마계 백작이 차원 게이트를 통해 넘어오는 경우였다.

"해 볼 테면 해 봐. 난 안 죽어. 본체가 오는 것도 아니고 어디까지나 마계 백작의 정신이 죽은 시체에 강림하는 거잖아."

강현수가 피식 웃으며.

휘익!

말과 동시에 검을 휘둘렀다.

콰직!

강현수의 검이 사공작 오르페수스의 심장을 꿰뚫었다.

"커억! 후회하게 될 거다."

그 말을 끝으로 사공작 오르페수스의 숨이 끊어졌고.

사아아아악!

사공작 오르페수스의 시체에서 강력한 마기와 사기가 뿜어져 나오기 시작했다.

'언데드 계열 마족인가?'

그럴 확률이 높았다.

그 증거로 사공작 오르페수스의 시체가 빠른 속도로 뼈만 남은 언데드로 변화하고 있었다.

'그럼 완성되기 전에 부수면 그만이지.'

꽈아앙! 꽈아앙! 꽈아앙!

강현수가 핏빛 오러에 휘감긴 검을 연속적으로 휘둘렀다.

언데드로 변화하던 사공작 오르페수스의 뼈가 부러지고 으스러졌다.

─꽤 강하구나, 인간.

텅 빈 해골에서 붉은 안광이 피어오르며 마기와 사기로 이루어진 방어막이 형성되었다.

─그러나 고작해야 한낱 인간. 결국은…….

콰콰콰콰콰!

꽈아아앙!

사공작 오르페수스의 시체에 강림한 마족이 말을 채 끝마치기도 전에.

강현수가 휘두른 검에 의해 방어막이 순식간에 박살 났다.

−무슨 힘이?

사공작 오르페수스의 시체에 강림한 마족이 적잖이 당황했다.

콰직!

강현수의 검이 텅 빈 해골을 꿰뚫었고.

폭발적으로 솟아오르던 마기와 사기가 순식간에 사그라들며 붉은 안광이 서서히 어둡게 변했다.

−이럴 수가?

기껏 강림했는데.

제대로 힘을 써 보기는커녕 말을 채 끝마치기도 전에 그릇이 산산조각 나 버렸다.

"다음에 보자. 대신 각오 단단히 해야 할 거야. 그때는 강림한 그릇이 아니라 네놈의 본체를 박살 내 줄 테니까."

강현수의 말에.

−이 건방진 인간! 고작 인형 하나 부쉈다고…….

콰직!

강현수가 사공작 오르페수스의 시체에 강림한 마족이 말을 다 마치기도 전에 발로 해골을 밟아 으깨 버렸다.

그와 동시에 마기와 사기가 순식간에 소멸해 버렸다.

'강림한 분신이기는 하지만 꽤 짭짤하네.'

[마계 귀족의 분신체를 제거하고 그 마기를 영구히 흡수했습니다.]
[여신의 눈물 EX랭크가 영구히 흡수한 마기를 정화해 특수 스텟 신성
으로 전환합니다.]
[신성 스텟이 상승하였습니다.]

무려 신성 스텟이 80이나 올랐다.
이 정도면.
'본신에도 어느 정도 타격이 있겠어.'
마계 백작 입장에서는?
괜히 강림했다가 마기만 영구적으로 손실된 셈이었다.
―크아아아!
"뭐야? 왜 이래!"
"아악!"
"아군이 괴물로 변했다!"
"죽여!"
사방에서 비명이 터져 나왔다.
'산 제물들도 언데드로 변해 버린 건가?'
마계 백작이 강림할 정도면 꽤 많은 이들의 목숨이 희생되
었을 것이다.
그리고 그들 모두가 마계 백작의 영향을 받아 언데드로 변

해 버린 듯했다.

'최대한 빨리 정리해야겠어.'

미리 준비한 것도 아닌데도 산 제물이 되었다는 건?

'마족과 계약한 인류의 배신자라는 뜻이지.'

콰콰콰콰콰!

강현수와 소환수들이 나서서 빠르게 언데드들을 제거했다.

그와 동시에.

"마족과 계약한 사공작 오르페우스가 언데드를 소환했다!"

"반역자들이 마족과 결탁했다!"

언론 플레이를 하는 것도 잊지 않았다.

"뭐가 어떻게 된 거야?"

"주군은 어떻게 되신 거지?"

반란군은 혼란에 빠져들었다.

"반역의 수괴 로디우스 2세와 공작들이 죽었다!"

"반란군은 투항하라!"

"투항하면 목숨만은 살려 주겠다!"

"투항하지 않는 반역자들은 삼족을 멸할 것이다!"

강현수의 지시를 받은 소환수들이 목소리를 높여 투항을 권유했다.

'반란군들을 다 죽일 필요는 없지.'

이곳에 모인 일공작, 사공작, 오공작 휘하 병력의 숫자만 족히 10만에 달할 정도로 많았다.

　어차피 대다수는.

　'상관의 명령에 따라 움직인 자들이기도 하고.'

　핵심 관계자만 제거하고 나머지는 흡수해 훗날 마왕군과의 전면전이 시작되었을 때 써먹는 게 최상이었다.

　강현수와 소환수들은 저항하는 이들을 가차 없이 베어 버렸고.

　지휘관을 잃은 반란군은 결국 모두 투항했다.

　'반나절도 안 걸렸네.'

　그 반나절도 반란군을 진압하는 시간보다.

　테라 왕국에서 로크토 제국으로 이동하고.

　로크토 제국의 황궁에서 반란군의 진지로 이동하는 게 더 길었다.

　아마 아틀란티스 차원의 역사상.

　이렇게 짧은 내전은 처음일 것이다.

⚜

　황태녀 세실리아가 황제 로디우스 1세를 암살하고 반란을 일으킨 로디우스 2세, 일공작, 사공작, 오공작을 순식간에 제압했다.

하룻밤 사이에 상황이 정리되자.

가장 먼저 움직인 귀족은 바로 이공작과 삼공작이었다.

"반란군 진압을 진심으로 경하드리옵니다!"

"경하드리옵니다!"

이공작과 삼공작은 세실리아 앞에 바짝 엎드렸다.

자칫 잘못했다가는 자신들의 목도 날아갈 수 있다는 사실을 알아차렸기 때문이다.

"그대들은 평소 역적들과 친하게 지냈지?"

세실리아의 물음에 이공작과 삼공작의 얼굴이 창백해졌다.

"그렇기는 하오나 반란은 어디까지나 역적들의 독단이었을 뿐이옵니다."

"신들은 절대 반란에 가담하지 않았사옵니다!"

"그건 조사해 보면 나오겠지. 두 사람 모두 모든 직위를 내려놓고 근신하라."

세실리아의 지시에.

"황은이 망극하옵나이다!"

"황은이 망극하옵나이다!"

이공작과 삼공작은 자신들이 쥐고 있던 법치와 행정에 대한 전권을 내려놓고 물러갔다.

이공작과 삼공작이 스타트를 끊자.

그간 눈치를 보고 있던 고위 귀족들과 군부의 수장들이 순식간에 로크토 제국의 황성으로 몰려들어 황태녀 세실리아 앞에 무릎을 꿇고 충성을 맹세했다.

고위 귀족들과 군부의 수장들 입장에서는 간도 좀 보고.

황태녀 세실리아와 폐위된 황태자 로디우스 2세 사이의 유불리를 파악한 후.

느긋하게 자신에게 이득이 되는 쪽에 붙을 생각이었는데.

하루도 채 지나지 않아 일방적으로 내전이 종식되자.

발등에 불이 떨어질 수밖에 없었다.

거기다 사공작 오르페우스가 마족의 계약자라는 사실까지 공개적으로 드러났다.

자칫 잘못했다가는.

반란군에 가담하려 했다는 누명(?)을 쓰거나.

마족의 계약자와 한패라는 오해(?)를 받을 수도 있는 상황.

고위 귀족들과 군부 수장들의 입장에서는 당연히 자신의 결백(?)을 증명하기 위해 다급하게 움직일 수밖에 없었다.

고위 귀족들과 군부의 충성 맹세를 받은 세실리아는 로크토 제국 최초의 여황제로 등극했다.

그 후 반란군의 잔당을 쓸어버리고.

로크토 제국의 요직에 휘하 지휘관들을 투입시키는 방식으로 순식간에 로크토 제국을 장악했다.

'예상보다 더 큰 성과를 이뤘어.'

반란을 빠르게 제압한 덕분에 세실리아의 황권이 엄청나게 굳건해졌다.

휘하 지휘관들이 로크토 제국의 요직을 차지한 덕분에.

추가로 반란이 일어날 확률도 극도로 낮아졌다.

'세실리아의 휘하 지휘관은 내 휘하 지휘관이지.'

강현수의 손에 로크토 제국이라는 거대한 먹잇감이 통째로 굴러들어 온 것이다.

'신분도 업그레이드가 됐고.'

강현수는 이중 인장 기술로 인해 로크토 제국과 무란 왕국의 귀족 신분을 가지고 있었지만.

둘 다 하급 귀족 신분이었다.

그러나 이번 일을 계기로 로크토 제국 귀족의 신분이 급상승했다.

'공작이라.'

황제가 된 세실리아가 다크 나이트의 수장인 강현수에게 공식적으로 공작의 작위를 수여하고.

유사시 로크토 제국의 전군을 지휘할 수 있는 권한과 감찰권을 하사했다.

사실상 황제의 권한 중 가장 큰 두 개를 양도해 준 것이나 마찬가지였다.

반발은 없었다.

다크 나이트가 그만큼 큰 공을 세웠기에 큰 상을 받은 것이라고 생각한 것이다.

오히려 아쉬워하는 이들이 많았다.

자신들이 처음부터 적극적으로 세실리아 편에 서서 다크 나이트와 함께 반란군을 토벌했다면?

자신들도 다크 나이트 못지않은 큰 상을 받을 수 있었을 거라고 생각한 것이다.

강현수 입장에서는 나쁠 게 없었다.

앞으로 세실리아의 신하들이 열심히 충성 경쟁을 할 테니까 말이다.

'큰 권력이 생겼어.'

강현수는 자신이 가지고 있는 권력을 가만히 썩혀 둘 인물이 아니었다.

'대대적인 청소를 시작한다.'

일단 첫 번째 타깃은.

사공작 오르페우스처럼 정체를 감추고 있는 마왕의 하수인들이었다.

오크 군단의 침공

강현수에 의해서 로크토 제국과 그 제후국에서 암약하고 있던 마왕의 하수인들이 순식간에 쓸려 나갔다.

증거가 없어도 상관없었다.

도플갱어들을 통해 증거를 만들어 내면 그만이었으니까.

강현수는 그 정도로 만족하지 않았다.

인간 사냥꾼과 노예 상인 같은 인신매매범에 대한 대대적인 소탕 작전을 시작한 것이다.

그 외에도 국가에 의한 고레벨 사냥터 통제가 사라졌고.

각국의 공간 이동 게이트 통제 역시 사라졌다.

그 결과.

[놀라운 업적을 이루셨습니다.]
[칭호 아틀란티스의 인신매매 척결자 SSS랭크가 칭호 아틀란티스의
인신매매 척결자 EX랭크로 성장하였습니다.]

[놀라운 업적을 이루셨습니다.]
[칭호 아틀란티스의 노예들의 구원자 SS랭크가 칭호 아틀란티스의
노예들의 구원자 SSS랭크로 성장하였습니다.]

기존의 칭호들이 업그레이드되었다.
또한.

[놀라운 업적을 이루셨습니다.]
[칭호 아틀란티스의 개혁가 S랭크가 주어집니다.]

새로운 업적도 손에 넣었다.
다만 아쉽게도.
'마왕의 하수인을 척살하는 건 업적을 주지 않네.'
아마 가이아 시스템의 초기 세팅에 마왕의 하수인이라는
존재가 들어가지 않았기 때문인 듯했다.
'뭐, 일단 이 정도로 만족해야지.'
세실리아가 로크토 제국의 황제가 되고.
반란을 빠르게 진압해 권력을 휘어잡은 덕분에.

오랜 시간이 걸릴 거라고 생각했던 문제들이 빠르게 해결되었다.

'다음 침공에 대한 1차 대비는 끝났어.'

이제 차곡차곡 힘을 모아.

마왕군의 다음 침공을 막아 내는 일만 남았다.

⁂

시간이 빠르게 흘러갔다.

강현수는 잠시도 쉬지 않았다.

꾸준한 사냥을 통해 레벨을 올리고 스킬 강화를 사용해 0레벨 플레이어로 돌아가는 일을 반복하며 누적 스텟을 쌓았고.

소환수의 질도 꾸준히 업그레이드했다.

송하나와 투황을 비롯한 휘하 지휘관들도 빠르게 성장해 나갔다.

애초에 될성부른 떡잎들을 좋은 대지에 심고 비료도 팍팍 뿌려 줬으니 당연한 결과였다.

'이제 보름 정도 남았나?'

마룡 카라스와 용종 몬스터의 침공.

도플갱어 군단의 침공.

그 뒤를 잇는 세 번째 대규모 침공은 오크 군단의 침공이었다.

'머릿수가 지긋지긋할 정도로 많았지.'

강현수도 적극적으로 참전한 전쟁으로.

대규모 차원 게이트에서 정말 무식할 정도로 많은 숫자의 오크 군단이 인해전술로 밀고 들어왔다.

차원 게이트가 열리는 장소는 이번에도 역시나 로크토 제국의 제후국 중 하나인 라메파질 왕국이었다.

'라메파질 왕국은 물론 마이트어 왕국까지 멸망 직전으로 몰고 갔었지.'

그러나 멸망하지는 않았다.

'카발길드의 엄청난 대활약 덕분이었지.'

오크 군단의 침공 이후 카발길드는 엄청난 명성을 얻었고.

사실상 국가의 역할을 대신 소화할 수 있을 정도의 초거대 길드로 성장했다.

'사실은 짜고 치는 고스톱이었던 거지.'

카발길드가 마왕의 하수인이었으니까 말이다.

'이번에는 만만치 않을 거다.'

회귀 전 오크 군단의 침공이 있을 당시.

무란 왕국은 마룡 카라스와 용종 몬스터 군단의 침공 때 입은 피해를 복구하지 못해 허덕이고 있었고.

테라 왕국은 도플갱어 군단의 침공으로 완전히 멸망한 상태.

종주국인 로크토 제국도 로디우스 2세가 황제의 자리에 올라 나라 꼴이 개판이었다.

'특히 원주민 플레이어들과 타 차원 출신 플레이어들의 다툼이 심했지.'

그런 상황에서 벌어진 침공이었기에.

'피해가 어마어마했어.'

그러나 지금은 사정이 달랐다.

무란 왕국은 이미 오래전 마룡 카라스와 용종 몬스터 군단의 침공 때 입은 피해를 복구했고.

테라 왕국은 멸망은커녕 오히려 별다른 피해 없이 도플갱어 군단의 침공을 막아 냈으며.

'로크토 제국의 국력은 나날이 강해지고 있어.'

강현수의 지시로 세실리아가 사냥터 통제를 폐지했고.

타 차원 출신 플레이어와 그들이 만든 길드에 대한 대대적인 투자에 들어갔다.

반대 의견이 만만치 않았지만.

강현수의 지시를 받은 세실리아가 뚝심 있게 밀어붙였다.

'각국의 군주와 귀족 들이 타 차원 출신 플레이어들의 세력이 커지는 걸 경계하는 가장 큰 이유는 결국 기득권을 빼앗기기 싫어서야.'

하지만 기득권이라는 이름의 밥그릇을 챙기는 것도.

'인류가 멸망하지 않아야 의미가 있는 거지.'

마왕군의 침공은 인류 존망의 위기다.

지금 당장 상황이 여유롭다고 해서 기득권이라는 이름의 밥그릇 싸움을 할 여유 따위는 없었다.

'회귀 전에는 그 사실을 알고 있는 이들이 몇 되지 않았지.'

그러나 지금은 강현수가 반강제로 인식을 개조시켜 버렸다.

물론 어느 정도 통제는 해야 했다.

괜히 헛바람이 들어간 타 차원 출신 플레이어들이 헛된 욕심을 부리면 곤란하니까.

그래서 강현수는 레드베어길드를 타 차원 출신 플레이어들의 구심점으로 삼았다.

여기에 발해길드, 고려길드, 중화길드가 합류해 지구 플레이어 연합이 만들어지자.

자연스럽게 무란 왕국이나 라메파질 왕국 같은 제후국들의 거대 길드도 합류했다.

'회귀 전에는 만들어지지 못했지.'

로크토 제국을 비롯한 각국의 방해 공작과 압력 때문이었다.

그러나 지금은 오히려 로크토 제국의 대대적인 지원하에 지구 플레이어 연합이 만들어졌다.

그렇게 만들어진 지구 플레이어 연합이 로크토 제국의 황제인 세실리아에 대한 충성 맹세 퍼포먼스를 하자.

'황권이 더 굳건해졌지.'

로크토 제국의 황제 세실리아와 지구 플레이어 연합의 수장인 적염제 도르초프 모두 강현수의 휘하 지휘관이었고.

'두 사람 역시 그 사실을 알고 있어.'

서로가 서로를 의심하고 경계하며 전전긍긍할 필요가 없으니.

자연스럽게 양쪽 모두 빠르게 힘을 키울 수가 있었다.

'어디 올 테면 와 봐라.'

오크 군단의 침공 루트에 대대적인 방어선을 갖춰 놓았고.

각국의 정예병과 길드 소속의 정예 플레이어들 역시 순차적으로 투입이 가능하도록 모든 준비를 끝마쳤다.

−오크 군단의 침공이 시작되었습니다.

황제 세실리아의 보고가 들어왔다.

'회귀 전보다는 조금 빠르네.'

그리 큰 오차는 아니었다.

어차피 방어 준비는 진작에 끝났으니까.

−그런데 차원 게이트가 열린 곳이 라메파질 왕국이 아닙니다.

한데 약간의 문제가 발생했다.

'크게 걱정할 필요는 없지.'

침공 루트가 회귀 전과 약간 어긋날 가능성을 예상하지 못한 건 아니었으니까.

　그러나.

　–어디지?

　–프랭크 왕국입니다.

　황제 세실리아의 대답을 듣는 순간, 강현수의 얼굴이 와락 일그러질 수밖에 없었다.

　–프랭크 왕국은 사클란트 제국의 제후국이잖아?

　–예, 맞습니다.

　–혹시 거기 위치가……?

　–대륙의 최서북단 끝 쪽입니다.

　'이런 망할!'

　강현수의 얼굴이 절로 일그러졌다.

　'어긋나도 정도가 있지.'

　라메파질 왕국은 대륙의 최동남단 끝 쪽에 있는 나라였고.

　프랭크 왕국은 대륙의 최서북단 끝 쪽에 있는 나라였다.

　침공 위치가 극과 극으로 바뀌어 버린 것이다.

　–프랭크 왕국의 상황은?

　–전투가 막 시작되었다는 사실만 알 수 있을 뿐입니다. 현재 골드로드상단의 사에마알과 협력해 최대한 정보를 캐내고는 있지만 정확한 전황 파악은 어렵습니다.

　로크토 제국의 황제가 된 세실리아는 섀도 가드를 기반으로 만든 정보 조직 섀도 다크에도 꾸준히 투자를 했다.

그러나 아무리 돈을 퍼부어도.

'시간을 살 수는 없지.'

섀도 다크의 정보력은 아직 대륙의 끝자락에 자리한 프랭크 왕국까지는 닫지 않았다.

-로크토 제국의 개입은 불가능하겠지?

강현수가 혹시나 하는 기대를 가지고 물어봤지만.

-예, 사클란트 제국에 정예 병력 지원 의사가 있다고 밝혔지만, 보기 좋게 거절당했습니다.

역시나 예상대로의 답변이 돌아왔다.

'하긴 사클란트 제국이 미치지 않고서야 로크토 제국의 지원을 받을 리가 없지.'

사클란트 제국과 로크토 제국은 오랜 시간 대륙의 패권을 두고 경쟁해 온 사이다.

마왕군의 침공 전에는?

'대륙의 패권을 쥐겠답시고 허구한 날 치고받고 싸웠지.'

그것도 단순한 국지전이 아니라.

국운을 건 전면전으로 말이다.

'마왕군 침공으로 인해 전쟁은 멈췄지만.'

그렇다고 안 좋았던 사이가 좋아지지는 않았다.

현재 로크토 제국과 사클란트 제국의 사이는?

냉전 시기 미국과 소련보다도 더 안 좋았다.

오크 군단의 침공을 돕겠다고 군대를 움직였다가는?

'오히려 로크토 제국과 사클란트 제국의 전쟁이 벌어질 수도 있어.'

사클란트 제국은 프랭크 왕국이 멸망하는 한이 있어도 로크토 제국의 도움을 받지는 않을 것이다.

－그럼 어쩔 수 없네.

－사클란트 제국으로 넘어가실 생각이십니까?

－그래야지.

－조심하셔야 합니다. 주군께서 로크토 제국의 공작이라는 사실을 잊으셔서는 안 됩니다.

－알고 있어.

로크토 제국의 공작이라는 신분은?

로크토 제국과 그 제후국에서는 무엇이든 뚫을 수 있는 창이자 무엇이든 막을 수 있는 방패지만.

사클란트 제국에서는 오히려 마이너스가 될 뿐이었다.

강현수는 송하나와 투황을 데리고 사클란트 제국으로 넘어갔다.

'사에마알이 있어서 다행이네.'

황금 군주 사에마알은 로크토 제국과 그 제후국에서도 잘나가는 대상이었지만.

사클란트 제국과 그 제후국에서는 더 잘나갔다.

애초에 황금 군주 사에마알의 상단인 골드로드상단 자체가 사클란트 제국을 주 무대로 활동했으니 당연한 일이었다.

문제는.

'사클란트 제국의 영향하에 있는 국가들은 서로 공간 이동 게이트를 오픈하지 않아.'

그 결과.

강현수 일행은 각국의 국경을 도보로 넘어야 했다.

"일이 제대로 꼬였네."

투황이 입술을 씰룩거리며 말했다.

"그러게."

송하나도 투황의 의견에 동의했다.

"그런데 미래가 바뀌기도 하는 거야?"

투황이 궁금하다는 듯 강현수에게 물었다.

"그거야 당연하지. 내가 본 미래가 그대로 이루어졌다면 테라 왕국은 이미 망했고 세실리아는 황제가 되지도 못했 겠지."

"하긴 개입하면 바뀌는 게 당연한 거기는 하지."

강현수의 대답에 투황이 고개를 주억거리며 수긍했다.

그러나 강현수는 이번 일이 꽤 골치 아프게 다가왔다.

'내가 알고 있는 정보가 바뀔 수도 있다고 생각하기는 했 지만.'

그래도 이건 좀 심했다.

'다행히 침공하는 순서는 바뀌지 않았어.'

장소만 바뀌었을 뿐.

도플갱어 군단의 침공 다음이 오크 군단의 침공이라는 사실은 그대로였다.

'문제는 앞으로도 그럴 거라는 보장이 없다는 건데.'

그건 감수를 해야 했다.

또 마왕군의 침공 루트가 바뀐 건 상당히 짜증 나는 일이었지만.

'회귀 후 내가 해 온 일들이 성과를 내고 있다는 뜻이기도 해.'

마왕군 입장에서는?

많은 자원과 인력을 투입해 진행한 두 번의 침공이 모두 실패로 돌아갔다.

거기다 기껏 계약을 맺어 노예로 만들어 놓은 하수인들까지 몰살당했다.

그럼?

'로크토 제국과 그 제후국들을 먼저 무너트리겠다는 계획을 철회할 만하지.'

이번 일만 해도.

로크토 제국의 개입이 불가능한 프랭크 왕국을 타깃으로 삼지 않았는가?

'나한테 나쁠 건 없어.'

강현수는 로크토 제국을 손에 넣었다.

마왕의 하수인들도 쓸어버렸고.

대대적인 개혁도 성공적으로 진행했다.

그럼에도 불구하고 그간 강현수가 다른 곳으로 떠나지 않은 이유는?

'마왕군의 침공을 막아야 했기 때문이야.'

그런데 마왕군이 침공 루트를 바꿨다면?

'나도 활동 무대를 바꿀 수 있어.'

사클란트 제국과 그 제후국에도 마왕의 하수인들이 숨어 있었고.

회귀 전 마왕군과 인류의 전쟁 과정에서 허무하게 죽은 인재들도 있었다.

기왕 사클란트 제국으로 넘어온 이상.

'제거해야 할 놈들은 제거하고, 포섭해야 하는 인재는 포섭한다.'

강현수가 결심을 다지며 국경 지대를 넘어갔다.

공간 이동 게이트를 타고 국경을 넘는 노가다를 반나절 가까이 반복한 끝에.

강현수 일행은 프랭크 왕국의 국경 지대에 도착할 수 있었다.

그리고 도보로 국경을 넘어 프랭크 왕국에 도착한 강현수 일행의 눈앞에 보인 것은.

쿠와아악!

성난 포효를 내지르며 대학살을 자행하고 있는 오크 군단과.

활활 타오르고 있는 프랭크 왕국의 국경 지대 대도시의 성벽이었다.

타악!

강현수가 성벽 위로 뛰어 올라가.

휘익!

검을 휘둘렀다.

꽈아아아앙!

핏빛 오러의 폭풍과 함께 오크 무리가 쓸려 나갔다.

'개판이네.'

성 내부에서는 아비규환의 참상이 벌어져 있었다.

"사단 소환."

강현수의 말과 동시에.

사아아아악!

칠흑빛 마력이 불타오르는 성벽 곳곳에서 피어올랐고.

"죽여."

강현수의 명령이 떨어짐과 동시에.

"충!"

인간의 형상을 갖춘 1만 5천 기의 소환수들이 힘찬 외침과 함께.

서걱! 좌악!

대도시 내부를 장악한 오크 군단을 쓸어버리기 시작했다.

"하압!"

강현수를 따라 대도시 내부로 진입한 투황이 힘찬 기합과 함께 주먹을 내질렀다.

콰지직!

황금빛 오러에 휩싸인 투황의 주먹이 순식간에 수십 마리에 달하는 오크들을 쓸어버렸다.

"아이스 레인!"

퍼퍼퍼퍽!

송하나가 광역 공격 스킬을 사용해 오크들을 쓸어버림과 동시에.

파지지직!

칠흑빛 뇌전에 휩싸인 검을 휘두르며 오크들을 베어 넘겼다.

강현수 일행이 열심히 오크들의 숫자를 줄여 나갔지만.

상황은 쉽게 정리되지 않았다.

'족히 10만은 넘어 보이네.'

[소환수 5기가 파괴되었습니다.]

[소환수 7기가 파괴되었습니다.]

그때 강현수가 풀어놓은 소환수들이 빠른 속도로 파괴되기 시작했다.

'꽤 강한 놈이 있나 보네.'

플레이어들은 오크를 마족이 아닌 몬스터로 분류한다.

그것도 하급 몬스터.

워낙 흔하기도 하고 전투력도 떨어지기에 그렇게 분류한 것이지만.

'오크 역시 마계의 주민이지.'

그건 오크라는 종 자체가 몬스터 아니라 마족으로 분류된다는 뜻이었다.

타악!

강현수가 몸을 날려 소환수들이 소멸되는 현장에 도착했다.

쿠워어어어억!

그곳에는 짙은 마기에 휩싸인 3미터가 넘는 덩치의 거대 오크가 양손에 양날 도끼를 든 채 무자비하게 날뛰고 있었다.

휘익!

강현수가 지상으로 하강하며 마력을 끌어 올렸고.

콰콰콰콰콰!

강현수의 검이 핏빛 오러에 휩싸였다.

쫘아아앙!

오러와 마기가 충돌하며 커다란 폭음이 터져 나왔고.

서걱!

오크의 오른팔이 잘려 나갔다.

"쿠아아악! 인간! 죽인다!"

오른팔을 잃은 거대 오크가 더욱더 강력한 마기를 뿜어내며 강현수를 향해 달려들었다.

그러나.

마기를 흡수하는 여신의 눈물과 신성 스텟의 조합은.

쫘아앙! 쫘아앙!

이런 상급 마족 정도는 손쉽게 씹어 먹을 수 있을 정도로 강력했다.

콰직!

강현수의 검이 거대 오크의 심장을 꿰뚫었고.

[상급 마족 오크 대전사를 제거하고 그 마기를 영구히 흡수했습니다.]

[여신의 눈물 EX랭크가 영구히 흡수한 마기를 정화해 특수 스텟 신성으로 전환합니다.]

[신성 스텟이 상승하였습니다.]

순식간에 강현수의 신성 스텟 상승을 위한 양분이 되어 버렸다.

'최대한 빨리 정리한다.'

오크 군단의 가장 큰 무기는 엄청난 숫자로 밀어붙이는 인해전술이지만.

'마족은 마족. 얼마든지 승급이 가능해.'

회귀 전 오크 군단은 싸우면 싸울수록 점점 강해졌다.

아군이 죽든 적군이 죽든 상관없었다.

마기는 절망, 공포 같은 마이너스한 감정과 산 자의 피와 살을 흡수하며 성장하니까.

전투가 치열하면 치열할수록.

길어지면 길어질수록.

오크 군단의 힘은 무한대로 성장한다.

'사단 구성.'

강현수가 오크 대전사를 소환수로 부활시켰다.

그리고.

'사단 일체화.'

일인연대에서 일인사단이 되며 새롭게 손에 넣은 스킬을 시전했다.

사단 일체화는 소환수들의 크기를 엇비슷하게 바꿔 주는 스킬이었다.

'처음에는 쓸데없는 의장형 스킬이라고 생각했지.'

그렇게 생각할 수밖에 없는 게 크기만 바뀔 뿐 생김새가 달라지거나 전투력이 올라간 것도 아니었다.

그저 소환수들의 크기가 비슷해지니 정렬해 놨을 때 보기 좋은 정도?

그러나.

'생각보다 쓸 만하다고.'

일단 덩치가 인간과 비슷하게 변하니.

오크처럼 인간형 몬스터를 베이스로 만든 케이스의 경우.

'전신 갑옷을 입히면 인간과 구분이 안 가.'

드래고니안과 드라칸처럼 반 정도만 인간형이어도.

'갑옷으로 커버가 가능해.'

아틀란티스 차원에는 온갖 종류의 갑옷들이 넘쳐 났으니까.

'갑옷에 꼬리랑 날개 장식이 달린 정도는 애교 수준이지.'

그간 강현수는 몬스터를 베이스로 만든 소환수를 적극적으로 활용하지 못했다.

그러나 사단 일체화 스킬이 생긴 후에는?

몬스터를 베이스로 만든 소환수를 좀 더 적극적으로 써먹을 수 있었다.

아쉬운 점이 있다면.

'마룡 카라스같이 너무 큰 덩치를 가진 경우는 사단 일체화 스킬을 사용해 봤자 한계가 있다는 거지.'

고층 빌딩만 한 덩치가 중층 빌딩만 한 덩치로 변한다고 해 봐야.

'어차피 큰 건 마찬가지니까.'

소환수가 마력으로 이루어진 존재이기는 하지만.

변형에 한계가 있는 모양이었다.

'뭐, 스킬 랭크가 올라가면 달라질 수도 있고.'

지금 중요한 건 사단 일체화 스킬 덕분에 소환수들을 최대치로 동원할 수 있다는 점과.

'최대한 빨리 오크 놈들을 쓸어버려야 한다는 거지.'

강현수가 다시금 강력한 오크들이 있는 방향을 향해 몸을 날렸다.

[레벨이 상승했습니다.]

[레벨이 상승했습니다.]

[레벨이 상승했습니다.]

……후략……

오크들의 숫자가 많아서인지 레벨이 미친 듯이 상승했다.

회귀 전에도 오크 군단은 커다란 시련임과 동시에.

'최고의 광렙 사냥터이기도 했지.'

회귀 전에는 카발길드가 그 꿀을 다 빨아 먹었지만.

'이번에는 아니지.'

레벨도 올리고.

스킬 랭크도 올리고.

신성 스탯도 올리고.

소환수도 늘릴 수 있는 절호의 기회를.

'다른 놈들한테 빼앗길 수는 없지.'

강현수와 소환수들이 무서운 속도로 오크 군단을 쓸어버리기 시작했다.

꽈아아아앙!

그러던 와중 멀리서 커다란 폭음과 함께 강력한 마력과 마기의 충돌이 터져 나왔다.

'뭐지?'

강현수의 눈이 번뜩였다.

사방으로 터져 나오는 마력과 마기의 위력이 범상치 않았다.

'족장급 오크다.'

그것도 무려 두 마리였다.

족장급 오크는 최상위 마족으로, 웬만한 네임드 플레이어보다 강했다.

그런 족장급 오크 두 마리를 홀로 상대한다?

'상위 네임드 플레이어라도 있는 건가?'

국경 지대 대도시에 있던 이들이 모두 전멸한 건 아니었다.

플레이어들끼리 힘을 뭉쳐 건물을 방패 삼아 힘겹게 저항을 하고 있는 중이었다.

아마 그런 플레이어들 중 상위 네임드 플레이어가 있었고.

오크 족장들과 싸움이 붙은 모양이었다.

타악!

강현수는 마력과 마기의 충돌이 벌어지는 곳을 향해 전력 질주했다.

'다른 오크는 몰라도 족장급은 꼭 잡아야지.'

최상위 마족 한 마리를 잡으면 신성 스탯이 얼만데 그걸 놓치겠는가?

금방 전투 현장에 도착한 강현수의 눈에.

거대한 덩치를 자랑하는 세 기의 진흙 골렘의 모습이 들어왔다.

'골렘?'

그것도 그저 그런 하급 랭크의 골렘이 아니라 꽤 고랭크 골렘으로 보였다.

'골렘술사다. 누구지?'

골렘술사는 마법사 계열 플레이어의 한 갈래로.

무척 희귀했다.

'혹시 그 녀석인가?'

그렇지만 그 녀석은?

'블러드 골렘을 주력으로 쓸 텐데?'

진흙 골렘을 주력으로 부리는 걸 보면, 그 녀석이 아닐 확률이 높아 보였다.

파삭!

그때 오크 족장 두 마리의 맹공을 버티지 못하고 진흙 골렘 한 기가 그대로 소멸해 버렸다.

나머지 두 기의 진흙 골렘이 최대한 버티고 있었지만.

상당히 아슬아슬했다.

'일단 정리부터.'

골렘술사의 정체를 알아내는 건 오크 족장 두 마리를 정리한 후에 해도 늦지 않았다.

콰콰콰콰!

핏빛 오러가 오크 족장을 향해 날아갔다.

"쿠워어억! 적이다!"

오크 족장이 몸을 돌려 강현수의 공격을 막아 내려 했지만.

오크 족장의 도끼를 덮고 있던 마기가 눈 녹듯 사그라들었고.

서걱!

오크 족장의 도끼가 너무도 허무하게 두 동강 나며.

좌악!

팔 하나가 날아갔다.

"강한 적! 죽어라!"

다른 오크 족장 하나가 진흙 골렘 대신 강현수를 향해 덤벼들었다.

2 대 1의 싸움이 되었지만 상황이 달라지지는 않았다.

여신의 눈물, 신성 스텟, 뱀피릭 오러가 서로 시너지 효과를 내며.

오크 족장 두 마리의 마기를 너무도 쉽게 분쇄해 버렸기 때문이다.

서걱! 콰직!

오크 족장 두 마리가 순식간에 목숨을 잃었다.

'사단 구성.'

강현수는 마무리로 오크 족장 두 마리를 소환수로 만든 후 몸을 돌렸다.

'그럼 골렘술사가 누군지 확인해 볼까?'

강현수가 진흙 골렘들이 보호하고 있는 장소로 다가갔다.

쿠웅!

그 순간 두 기의 진흙 골렘이 그대로 무너져 내리며 평범한 흙더미로 돌아갔다.

'마력이 한계였던 모양이네.'

골렘 역시 스킬로 만들어 낸 소환수.

계속 가동시키기 위해서는 지속적으로 마력을 소모해야 했다.

'임시로 만든 녀석인가?'

제대로 만든 골렘이었다면?

평범한 흙더미로 돌아가는 대신 기동은 중지하더라도 형체는 유지했을 것이다.

'플레이어 파티인 건가?'

강현수의 눈에 들어온 것은 건물을 방패 삼아 방어진을 펼친 소수의 플레이어들과 그들의 보호를 받고 있던 30명 정도의 민간인들이었다.

"목숨을 구해 주셔서 감사합니다."

플레이어 하나가 앞으로 나와 강현수에게 감사 인사를 했다.

'저놈이 골렘술사는 아닌 것 같은데?'

중갑을 입고 방패를 들고 있는 걸 보니 탱커 같았다.

"당연히 해야 할 일을 했을 뿐입니다."

강현수가 대답과 함께 골렘술사를 찾았다.

그런 강현수의 눈에.

보랏빛 머리카락과 눈동자.

개의 귀와 꼬리를 가지고 있는 견인족 소녀가 들어왔다.

'그 녀석이 맞잖아?'

아닐 확률이 더 높다고 생각했는데.

그게 아니었다.

'하긴 골렘술사 자체가 흔하지 않은 직업이지.'

그녀의 이름은 사카자키 유카.

일본인 플레이어와 무란 왕국 원주민인 견인족의 혼혈.

회귀 전 광혈마녀라는 칭호로 불렸던 인류 최강의 플레이어 중 하나이자.

아틀란티스 차원 모든 국가와 길드의 공적.

'괜히 도와줬나?'

설마 이 미친년이 여기 있을 줄은 몰랐다.

광혈마녀는.

인류의 재앙이라 불렸던 플레이어 중 하나로.

'회귀 전 홀로 두 개의 왕국을 멸망시키고 수천만 명에 달하는 인명을 살상한 살인귀야.'

더 환장하겠는 건.

마왕의 하수인도 아니었다는 점이다.

아틀란티스 차원을 지키고 인류를 수호하라고 준 플레이어라는 힘을.

'인류를 학살하는 데 사용했던 광인.'

강현수의 두 눈에 살기가 번뜩였다.

'지금이라도 늦지 않았어.'

오크 손에 안 죽었으면?

'직접 죽이면 그만이야.'

강현수가 결심을 굳힌 순간.

"저, 혹시 제가 무슨 실수라도?"

탱커 플레이어가 불안한 목소리로 강현수에게 물었다.

"아닙니다. 잠시 생각할 게 있어서요."

"사클란트 제국에서 대규모 지원군을 보낸 건가요?"

탱커 플레이어가 궁금하다는 듯 물었다.

"아닙니다. 그저 오크 군단의 침공을 막고자 개인 자격으로 프랭크 왕국에 왔을 뿐입니다."

강현수의 대답에 탱커 플레이어의 표정이 시무룩해졌다.

대규모 지원군이 왔다고 생각했는데 아니라고 판명이 되자 실망한 모양이었다.

"그보다 저분이 골렘술사이십니까?"

강현수가 광혈마녀를 바라보며 물었다.

"아, 예. 유카 덕분에 지금까지 버틸 수 있었습니다. 하지만 마력이 거의 바닥난 상태라. 그보다도 오크들이 다시 몰려오기 전에 어서 포위망을 뚫고 탈출해야 합니다. 제발 도와주십시오."

"굳이 그럴 필요가 있을까요?"

송하나와 투황을 비롯한 소환수들의 활약으로 오크 군단의 숫자는 실시간으로 빠르게 줄어들고 있었기에.

굳이 도시를 탈출할 필요가 없었다.

"예? 그게 무슨? 그럼 우리는 여기서 가만히 앉아서 죽으라는 말씀이십니까? 아, 혹시 저 사람들 때문에 그러시는 겁니까? 그럼 저희만이라도 구해 주십시오. 살 사람은 살아야 하지 않겠습니까?"

탱커 플레이어가 민간인들은 버리더라도 자기들은 살려

달라고 말했다.

'괜히 광혈마녀의 동료가 아니네.'

강현수가 그렇게 생각하고 있을 때.

"가려면 너 혼자서 가. 나는 저 사람들을 버릴 수는 없어."

광혈마녀가 예상치 못한 발언을 했다.

"애초에 탈출할 기회가 있었는데, 네가 저 사람들을 지키겠다고 해서 이 사달이 벌어진 거잖아? 그럼 너 때문에 우리 파티원 전부가 저 사람들이랑 같이 죽어야 한다는 거야?"

"그건 아니지만……."

"유카, 이건 단순히 내가 살고 싶어서 그러는 게 아니라……."

탱커 플레이어와 광혈마녀가 민간인들을 지키느냐 마느냐를 놓고 말다툼을 벌였다.

'어라?'

강현수의 머릿속이 혼란해졌다.

'저게 사람 목숨을 파리처럼 생각했던 광혈마녀라고?'

광혈마녀.

아무런 죄책감 없이 수천만 명에 달하는 인명을 학살하고.

그들의 시체를 이용해 블러드 골렘, 본 골렘, 플래시 골렘 군단을 만들어 아틀란티스 차원을 활보한 마녀.

신의 칭호를 가진 플레이어들도 어쩌지 못한 인류 최강의 플레이어 중 하나이자.

살아 있는 재앙 중 하나.

'동일 인물이 맞나?'

골렘술사라는 희귀한 직업.

보랏빛 머리카락과 눈동자.

마지막으로 유카라는 이름까지.

'확실히 동일인이 맞는데?'

한데 성격이 천지 차이였다.

강현수의 기억 속에 있는 광혈마녀는?

'학살에 미친 광녀였지.'

그런데 지금 강현수의 눈앞에 있는 광혈마녀는?

이반과 동급의 호구로 보일 정도로.

'정이 많고 순해 빠졌잖아?'

광혈마녀가 대학살을 저지르며 미쳐 날뛰기 시작한 건 지금으로부터 3년 후.

'도대체 무슨 일이 있었기에 사람이 그렇게 바뀐 거지?'

그건 강현수가 알 수가 없었다.

하지만.

'계획을 바꿔야겠어.'

강현수는 기회를 봐서 무조건 광혈마녀를 제거한 후 소환수로 만들 계획이었다.

성장 가능성을 생각하면?

'죽이지 않고 휘하에 넣는 게 가장 베스트이기는 하지.'

그렇지만 미친년을 설득해 휘하에 넣기도 힘들었고.

'넣어 봐야 제어가 불가능해.'

미친 짓을 하면 대책이 없었기 때문이다.

'마리오네트 스킬의 영속지배가 있기는 하지만.'

이미 내정해 놓은 영속지배 대상이 있었기에.

'광혈마녀에게 사용하기는 아까워.'

그런데?

'광혈마녀의 정신 상태가 아직 멀쩡하다면 이야기가 다르지.'

거기다 '호구끼'도 넘쳐 보였다.

그럼?

'굳이 죽일 필요가 없지.'

살아 있는 상태로 휘하에 넣어 써먹으면 그만이었다.

광혈마녀

"이 사람들을 도와주시면 안 되나요? 부탁드릴게요."

탱커 플레이어와 의견 일치를 보지 못한 광혈마녀가 강현수에게 다가와 부탁했다.

"아, 저 정신병 걸린 년."

탱커 플레이어는 그런 광혈마녀를 욕했다.

"그럼 제 부탁 하나 들어주세요."

"네, 들어드릴게요!"

"저한테 상태창을 오픈해 주실 수 있나요?"

강현수의 물음에.

"그럴게요."

광혈마녀는 단 1초의 망설임도 없이 허락했다.

"그걸 왜 공개해!"

오히려 방금 전까지 싸우던 탱커 플레이어가 기겁해서 나섰다.

상태창은 플레이어의 모든 것이라고 할 수 있다.

그렇기에 자신의 목숨을 내놓을 정도로 믿고 있는 이가 아니라면?

절대 공개하지 않는다.

"그럼 이대로 여기서 죽을 거야?"

광혈마녀가 외침과 함께 자신의 상태창을 공개했다.

'레벨은 생각보다 낮네.'

광혈마녀의 레벨은 735.

고레벨 플레이어라고 할 수는 있지만.

절대 네임드 플레이어 수준은 아니었다.

주력 스킬들 역시.

'겨우 S~SS랭크라니.'

그나마 다행이라면.

소환 계열 플레이어답게 힘, 민첩, 체력은 그리 높지 않았지만, 가장 중요한 마력과 정신력 스텟이 4,000을 넘어설 정도로 높다는 점이었다.

하지만 그것도.

'레벨에 비해 준수한 정도지.'

그간 플레이어들의 수준이 많이 올라갔다.

700레벨, S~SS랭크의 주력 스킬, 4,000대의 주력 스텟은.

'고레벨 플레이어 중에서도 중하위권 수준에 불과해.'

광혈마녀의 상태창을 냉정하게 평가하면?

고작해야 강현수가 보유한 중대장급 소환수와 비슷한 수준이었다.

'그런데 도대체 어떻게 혼자서 오크 족장 두 마리를 상대한 거지?'

그건 상위 네임드 플레이어도 쉽지 않은 일이었다.

'주력 스킬 중에 규격 외 스킬이 있는 게 확실해.'

그게 아니고서는?

절대 이런 효율이 나올 수가 없었다.

'인류 최강의 플레이어이자 인류의 재앙이라 불렸던 자의 스킬이라 이건가?'

고작 S~SS랭크임에도 이 정도 효율을 보여 주는데.

EX랭크가 된다면?

'회귀 전과 같은 초월적인 존재가 되겠지.'

그 전에 만나서 참 다행이었다.

'미분배 스텟을 정신력에 몰아주면 100% 성공할 수 있어.'

강현수가 미분배 스텟을 정신력에 집중투자 했다.

그리고 스텟 고정 스킬을 사용한 후.

'마리오네트.'

SSS랭크 스킬 마리오네트를 시전했다.

[정신계 지배 스킬 마리오네트 - SSS랭크를 시전합니다.]

[마력 스텟의 절반이 영구적으로 소멸합니다.]

[대상 플레이어가 정신계 지배 스킬 마리오네트 - SSS랭크의 저항에 실패합니다.]

[플레이어 사카자키 유카가 시전자의 마리오네트로 지정됩니다.]

[마리오네트 지정 가능 플레이어의 숫자가 9명에서 8명으로 감소합니다.]

'이런 거였나?'

마리오네트 스킬을 처음 시전해 본 강현수는 익숙하면서도 어색한 감각을 느꼈다.

'소환수들이랑 비슷하면서도 다르네.'

강현수와 광혈마녀 사카자키 유카가 보이지 않는 선을 통해 하나로 묶인 것 같은 감각이 느껴졌다.

'대충 어떻게 하면 되는지 알 것 같네.'

이 보이지 않는 선을 이용하면?

광혈마녀 사카자키 유카에게 강현수가 원하는 생각이나 감정을 유도할 수 있었다.

'호의, 신뢰.'

강현수가 광혈마녀 사카자키 유카가 자신에게 느낄 감정을 세팅했다.

'얼마나 효과가 있을지는 모르겠지만.'

시간을 두고 지켜보면.

'알 수 있겠지.'

어차피 당분간은 프랭크 왕국에서 활동할 생각이었으니.

시간은 넉넉했다.

"이제 도와주세요!"

광혈마녀가 강현수에게 당당하게 도움을 요청했다.

"알겠습니다. 저를 따라오시죠."

강현수는 광혈마녀 파티와 그들의 보호를 받고 있던 이들을 데리고 오크들의 포위망을 뚫으며 앞으로 나아갔다.

쿠어어어!

"인간이다!"

"죽여라!"

가는 곳곳마다 사방에서 오크들이 달려들었지만.

휘익!

강현수의 검이 한번 휘둘러지는 순간.

좌악! 서걱!

등장하기 무섭게 차가운 시체로 변해 버렸다.

―물러나라.

강현수의 지시에 오크와 전투를 치르던 소환수들이 재빨리 자리를 피했다.

그 덕분에 광혈마녀 파티는 소환수들의 존재를 눈치채지 못했다.

그저 대도시 내부에서 쉼 없이 전투가 지속되고 있다고만 생각할 뿐이었다.

강현수의 보호를 받은 광혈마녀 일행은 결국 국경 지대 대도시를 무사히 빠져나올 수 있었다.

"감사합니다! 정말 감사합니다!"

"이제 살았어!"

"다행이다!"

오크들로 가득했던 대도시에서 빠져나오자 광혈마녀 파티와 그들의 보호를 받던 사람들이 일제히 강현수에게 감사 인사를 했다.

"그런데 여기는 국경 반대 방향이잖아?"

"프랭크 왕국을 떠날 생각이었는데 어떻게 하지?"

오크들에게 점령당한 프랭크 왕국을 탈출해 타국으로 넘어가려면?

방금 전 겨우 탈출한 국경 지대 대도시를 통과해야 했다.

광혈마녀 파티와 그들의 보호를 받던 이들이 기대로 가득 찬 눈빛으로 강현수를 바라봤다.

'역시 인간의 이기심은 어쩔 수가 없나?'

방금 전까지 오크들에게 둘러싸여 언제 죽을지 모르는 이들의 목숨을 구해 주었다.

그랬더니 이제는 당연하다는 듯 안전하게 타국까지 탈출시켜 달라고 요구하고 있었다.

"일단 이곳에서 잠시 기다려 주십시오."

"예? 어디 가시는데요?"

"우리를 버리시는 건가요?"

"오크들이 나타나면 우리는 다 죽은 목숨이라고요!"

광혈마녀 파티원과 민간인들 모두 강현수를 원망스러운 눈빛으로 바라보며 외쳤다.

"제 동료들이 아직 저곳에 있습니다. 일단 이 근처에는 오크 무리가 없는 것 같으니 잠시만 버티시면 됩니다."

"하지만 오크 무리가 나타나면 어떻게 합니까?"

"대규모 오크 군단이 또 나타날 수도 있잖아요!"

광혈마녀 파티원과 민간인들의 외침에 강현수가 눈살을 찌푸렸다.

'왜 이리 이기적이고 어리석지?'

자신들이 저런 태도와 언행을 보이면.

'순수하게 호의로 도와주려는 마음이 있다가도 달아나 버린다는 사실을 모르는 건가?'

저들이 바보는 아닐 것이다.

그저 죽을 수 있다는 공포에 이성이 마비되어 버린 것일 뿐.

"알았어요. 다녀오세요. 저도 마력을 조금 회복해서 당분간은 버틸 수 있을 거예요."

그때 광혈마녀가 나서서 강현수의 말에 힘을 실어 주었다.

강현수의 도움을 받은 이들 중 유일하게 원망의 눈빛을 보내지 않은 사람이 바로 광혈마녀였다.

'마리오네트 스킬 효과 때문일까, 진짜 광혈마녀의 심성이 좋은 걸까?'

당연히 전자여야 하지만.

왠지 모르게 후자일 수도 있다는 생각이 들었다.

"골렘 생성."

우드드득!

광혈마녀가 진흙 골렘 한 기를 소환했다.

"전투가 벌어지지 않으면 1시간 이상은 유지할 수 있어요. 그러니까 어서 동료분들을 데리러 가세요."

광혈마녀의 말에.

"알겠습니다. 그럼."

강현수가 자리를 떠났다.

'최대한 빨리 처리하자.'

다시금 국경 지대 대도시로 들어온 강현수는 대전사 이상의 오크들을 찾아다녔다.

사실 강현수가 송하나와 투황을 데리러 갈 필요는 없었다.

그저 다시금 대도시로 들어가야 할 이유가 필요했기에 그렇게 이야기한 것뿐이었다.

'신성 스탯 축적은 자동으로 이루어지지만, 소환수는 나만

만들 수 있지.'

송하나와 투황을 비롯한 소환수들이 오크 무리를 무자비하게 쓸어버리고 있었고.

당연히 신성 스텟의 축적은 지금 이 순간에도 계속해서 이루어지고 있다.

그러나 죽은 대전사 이상의 오크를 소환수로 만드는 건 오직 강현수만이 가능한 일이었다.

'다른 녀석들은 별로 가치가 없지만.'

상급 마족으로 분류되는 오크 대전사부터는 무조건 소환수로 만들어야 했다.

'상급 마족 정도의 실력을 가지고 있는 인간형 소환수는 드물다고.'

강현수는 오크 군단의 침공을 막으면서.

겸사겸사 소환수의 질도 최대한 업그레이드시킬 생각이었다.

광혈마녀라는 변수가 등장해 잠시 자리를 비웠지만.

그렇다고 해서.

'이런 좋은 기회를 놓칠 수는 없지.'

파티원과 보호하고 있던 민간인들이 겁에 질려 다른 곳으로 이동할 것 같지도 않았고.

'이동해 봐야 찾으면 그만이야.'

마리오네트 스킬을 걸어 놨기에 광혈마녀의 위치는 상시

파악이 가능했다.

✷

"도대체 저 사람은 정체가 뭐지?"

탱커 플레이어 하야토가 굳은 얼굴로 중얼거렸다.

"아마 네임드 플레이어겠지."

힐러 플레이어 브레드가 심드렁한 얼굴로 대답했다.

"그렇겠지? 그런데 핏빛 오러를 사용하고 전신을 검은 갑주로 중무장하고 다니는 네임드 플레이어가 있었나?"

"뭐, 우리가 모든 네임드 플레이어를 아는 건 아니잖아. 그리고 그냥 정체를 감추고 싶어서 전신 갑옷을 입는 걸 수도 있는 거고."

"그렇기는 하지."

"그게 아니면 실력은 네임드 플레이어급인데 아직 칭호를 얻지 못한 걸 수도 있고. 유카도 그렇잖아."

근접 딜러 플레이어가 골렘술사 유카를 언급하자 탱커 플레이어 하야토의 표정이 굳어졌다.

"유카는 아직 레벨이 너무 낮아. 네임드 플레이어가 되려면 아직 멀었다고."

"플레이어한테 레벨보다 중요한 게 바로 실력이야. 실력만 따지면 유카는 네임드 플레이어가 되고도 남지. 아까 그 사람도 유카한테만 상태창을 보여 달라고 했었잖아. 이유가 뭐겠어? 실력이 뛰어나니까 스카우트하려고 하는 거지."

"스카우트? 그게 정말이야?"

골렘술사 유카가 놀란 표정으로 물었다.

"내가 볼 때는 확실해. 네임드 플레이어라면 거대 길드 소속일 확률이 높기도 하고. 스카우트 제의가 들어오면 일단 조건이라도 들어 봐."

"조건?"

"그래, 장비 지원이나 자금 지원 같은 거 말이야. 유카 네 실력이면 충분히 좋은 조건으로……."

"거대 길드가 무조건 좋은 건 아니야."

텡커 플레이어 하야토가 힐러 플레이어 브레드의 말을 끊었다.

"자칫 잘못하면 노예 계약서에 서명하는 거랑 똑같은 꼴을 당할 수도 있다고. 거기다 그 사람이 좋은 사람인지 나쁜 사람인지도 모르잖아."

"나쁜 사람 같지는 않아 보이는데? 어쨌든 우리를 구해 줬잖아."

골렘술사 유카가 강현수의 편을 들었다.

이에 텡커 플레이어 하야토의 표정이 사납게 일그러졌다.

"그냥 구해 준 건 아니잖아. 네 상태창을 봤다고."

"그게 뭐? 브레드 말을 들어 보니까 나쁜 건 아닌 거 같은데."

"상태창이 얼마나 중요한 건지 잊었어?"

"그건 알고 있지만, 스카우트를 위해서라고…….'"

"길드 입단 심사를 볼 때도 실력을 보여 주지 상태창을 보여 주지는 않아. 그러니까 앞으로는 절대 다른 사람한테 상태창을 보여 주지 마. 알았어?"

탱커 플레이어 하야토의 강압적인 말에.

"알았어. 미안해, 내가 잘못했어."

골렘술사 유카가 고개를 숙이며 사과했다.

"앞으로 조심해 줘. 이게 다 너를 위해서 하는 말이야. 지금까지 너 혼자 일을 벌이면 항상 결과가 안 좋았잖아. 안 그래?"

"그렇게는 했지만."

"넌 세상 물정을 너무 몰라. 물가에 내놓은 어린아이 같다고. 예전에 무슨 일을 하든 항상 나랑 상의해서 결정하기로 약속했잖아. 그런데 자꾸 왜 그러는 거야?"

"미안. 앞으로는 안 그럴게."

"난 네 걱정만 하는데, 넌 왜 항상 네 감정만 앞세우는 거야?"

"미안."

"지금부터라도……. 앞으로는 조심해 줘."

"응, 그렇게 할게."

한참 잔소리를 퍼부은 탱커 플레이어 하야토가 고민에 빠져들었다.

'아마 유카를 스카우트하려고 하는 게 맞겠지?'

그건 곤란했다.

'브레드 저놈이 괜한 말을 해서 유카가 호기심을 가졌잖아.'

평소에도 밉상 짓만 골라서 하는 놈이었다.

마음 같아서는 당장 쫓아 버리고 싶지만.

'힐러라서 참는다.'

힐러는 귀하다.

마음만 먹으면 얼마든지 거대 길드에 들어갈 수 있다.

골드로드상단의 상해보험 상품 판매 때문에 브레드의 돈줄이 끊기지만 않았으면?

브레드가 길드에 묶이는 몸이 되는 걸 싫어하지만 않았다면?

탱커 플레이어 하야토가 만든 소규모 파티에 들어오지도 않았을 것이다.

'무조건 지켜야 해.'

파티 전력의 80% 이상을 골렘술사 유카가 담당하고 있다.

골렘술사 유카가 빠져나가면?

'우리 파티는 끝장이야.'

전력이 현저히 줄어들어서.

'사냥 속도가 반의반 토박이 날 거야.'

그게 끝이 아니었다.

'사냥터의 수준도 낮춰야 해.'

그럼?

탱커 플레이어 하야토의 파티는 더 이상 빠른 성장이 불가능했다.

어쩌면 애써 모은 파티원들이 모두 떠나갈 수도 있었다.

"유카, 나랑 했던 약속 기억하지? 어떤 고난과 역경이 있어도 우리는 끝까지 함께하는 거야."

탱커 플레이어 하야토가 다시 한번 골렘술사 유카를 단속했다.

"응! 그럴게!"

골렘술사 유카가 환하게 웃으며 대답했다.

'길드원들에게도 단단히 입조심을 시켜야겠어.'

얼마나 효과가 있을지는 모르겠지만.

일단 시도는 해 봐야 했다.

특히.

'브레드의 입은 무조건 틀어막아야 해.'

탱커 플레이어 하야토가 열심히 입을 털며 파티원들의 정신교육에 들어갔다.

강현수는 빠르게 대족장 이상 급의 오크들을 제거해 소환수로 만들었다.

그 후 송하나와 투황을 불러들여 사정을 설명했다.

"미래 예지를 통해 봤던 인류의 공적 플레이어 중 하나를 발견했다고?"

"어."

"그럼 당장 제거해야지."

"하나 말이 맞아. 그런 녀석들은 힘을 키우기 전에 미리미리 그 싹을 잘라 버려야 한다고."

송하나와 투황이 과격한 발언을 토해 냈다.

'뭐, 일반적인 상황이라면 틀린 이야기가 아니지.'

강현수는 그간 꾸준히 미래 예지 스킬을 사용했다.

쓸 만한 정보는 하나도 없고 전부 다 꽝만 나왔지만.

사실대로 말하는 대신 강현수가 알고 있는 회귀 전의 정보를 조금씩 풀었다.

그리고 그중에.

'인류의 공적들에 대한 내용도 있었지.'

사실 인류의 공적으로 지정된 이들은 보이는 족족 제거해서 싹을 잘라 버리는 게 옳은 판단이었다.

"잠깐만 진정해 봐. 어떤 상황이냐 하면……."

강현수가 광혈마녀가 보인 행동에 대해 설명했다.

"좀 이상하기는 하네. 아직 흑화하기 전이면 포섭이 나을 수도 있지. 그런데 어떤 녀석이야?"

투황이 호기심 어린 표정으로 물었다.

"광혈마녀."

"그 지구인과 수인족의 혼혈이라는?"

"맞아."

"보랏빛 머리카락과 눈동자를 가지고 있다고 했지?"

"어."

"불길한데."

"뭐가 불길하다는 거야?"

강현수의 의아한 표정으로 물었다.

"그냥 보라색 자체가 불길하다는 거야. 지구인들은 붉은 색을 불길한 색이라고 생각하잖아. 그거랑 같아."

"일종의 미신이다?"

"어, 우리 수인족들의 미신 같은 거야. 일반적으로 수인족 중에 보라색 털을 가진 종족이 없거든. 익숙하지 않아서 그런 건지는 모르겠지만, 보라색 털을 가지고 있으면 저주를 받은 존재라고 꺼리는 인식이 있어."

"그런 미신이 있었단 말이지."

이건 강현수도 몰랐던 사실이다.

'익숙하지 않은 걸 배척하는 건 인간의 본능이지.'

현대의 지구에도 인종차별은 존재했다.

또 같은 인종이라도.

'몸이 불편하거나, 이국적으로 생겼거나, 멜라닌 색소 부

족으로 머리카락 색, 피부색, 눈동자 색이 다르다고 배척하는 경우가 허다하지.'

아틀란티스 차원은 지구보다 차별이 훨씬 심했고.

인권의 개념은 훨씬 낙후되어 있다.

일본인과 수인족의 혼혈인 광혈마녀는 무란 왕국인이다.

광혈마녀가 모국과 멀리 떨어진 타국인 프랭크 왕국에서 활동한 이유는?

'차별을 피하기 위해서겠지.'

일본인과 수인족의 혼혈인 그녀의 외모는?

'인간이 봐도 이질적이고 수인족이 봐도 이질적이지.'

이런 경우 한 집단에 소속되기 힘들다.

'여기에 불길한 색이라는 미신이 있는 보라색 머리카락과 눈동자까지 가졌으니.'

무란 왕국에 있을 때 온갖 종류의 차별을 받았을 확률이 높았다.

'프랭크 왕국에서의 삶도 쉽지는 않았겠지.'

사클란트 제국과 그 제후국에는 수인족의 수가 무척 적다.

그러니 아마 이곳에서도 적잖이 눈칫밥을 먹었을 것이다.

'거기다 광혈마녀는 고아지.'

플레이어였던 부모가 몬스터 사냥 중 사망해서 어린 나이부터 불우한 삶을 살았다고 했다.

어떻게 보면?

'아직까지 흑화되지 않은 게 다행이지.'

그러나 가능성은 아직도 충분히 남아 있었다.

'그 가능성 자체를 제거해 주마.'

광혈마녀가 어떤 계기로 수천만 명의 인명을 웃으면서 학살하는 광인이 되는지는 모르지만.

'아직 기회가 있어.'

그리고 강현수는 그 기회를 놓칠 생각이 없었다.

⁂

저벅저벅.

발소리가 들려오자 탱커 플레이어 하야토의 파티원들과 민간인들이 바짝 긴장했다.

"돌아왔습니다."

그러나 익숙한 강현수의 목소리가 들려오자.

"휴!"

그제야 안도의 한숨을 내쉬었다.

강현수는 두 명의 동료를 데리고 온 상태였다.

'숫자가 적다.'

탱커 플레이어 하야토는 강현수가 동료를 데리러 갔다고 했을 때 최소 여덟 명에서 많게는 열 명 정도를 예상했다.

일반적인 파티의 구성이 9~10명 정도로 이루어져 있었기 때문이다.

'다행이야.'

탱커 플레이어 하야토가 안도의 한숨을 내쉬었다.

'유카가 저쪽으로 넘어갈 가능성이 없어졌어.'

저 정도 소규모 인원이라면?

당분간 함께 행동해도 별다른 문제가 없을 것 같았다.

"오셨네요."

골렘술사 유카가 환하게 웃으며 강현수를 반겼다.

"네, 돌아왔습니다. 일단 이곳에서 벗어나죠."

강현수의 말에 모두가 동의했다.

사실 국경 지대 대도시 내부에서 진행되었던 전투는 거의 막바지였다.

그렇기에 굳이 자리를 피할 필요가 없었지만.

탱커 플레이어 하야토의 파티원들과 민간인들은 그 사실을 몰랐다.

그렇기에.

"최대한 멀어지는 게 좋을 것 같습니다."

"오크들이 언제 튀어나올지 몰라요."

오크들이 득실거리는 국경 지대 대도시에서 최대한 멀어지기를 원했다.

"알겠습니다."

강현수로서는?

나쁠 게 전혀 없는 선택지였다.

-대도시 내부를 정리한 뒤 아이템을 모두 챙기고 흩어져서 오크들을 사냥해라.

이제 지능이 거의 온전하게 돌아온 연대장급 소환수들에게 지시를 내린 강현수가 빠르게 발걸음을 옮겼다.

플레이어가 아닌 민간인들도 포함되어 있었기에 이동속도가 그리 빠르지는 않았지만.

다행히 날이 완전히 저물기 전.

30명이 넘는 인원이 머무를 만한 동굴을 찾아낼 수 있었다.

동굴은 산 중턱에 위치해 있었고 시야도 트여 있었기에 오크들이 나타나면 금방 알아차릴 수 있었다.

"살았다."

"더 이상은 못 걷겠어."

플레이어가 아닌 민간인들이 쓰러지듯 동굴 바닥에 주저앉았다.

"일단 오늘 밤은 여기서 보내야 할 것 같네요."

"네, 그러는 게 좋겠습니다."

"야밤에 돌아다니기 위험하니 여기가 좋겠습니다."

강현수의 말에 모두가 동의했다.

동굴에서 묵기로 결정이 나자.

"빨리 잘 준비하자."

"알았어."

탱커 플레이어 하야토의 지시하에 파티원들이 능숙하게 야영을 준비했다.

"우리도 잘 준비를 해야겠네."

강현수가 그 말과 함께 투구를 벗었다.

그 순간 모두의 시선이 강현수에게 쏠렸다.

그만큼 강현수의 정체가 궁금했기 때문이다.

투구를 벗고 강현수의 얼굴이 드러나자.

"수인족?"

"거기다 엄청 어려 보이잖아?"

모두가 적잖이 놀랐다.

특히.

방금 전까지 생글생글 웃으며 잘 준비를 하던 골렘술사 유카의 얼굴은 유령이라도 본 것처럼 창백하게 질려 있었다.

'뭐야? 수인족이었어? 그럼 끝났네.'

반면 탱커 플레이어 하야토의 얼굴에는 환한 미소가 피어올랐다.

골렘술사 유카를 빼앗길 확률이 제로가 되었다고 생각했기 때문이다.

뒤이어 강현수의 일행도 투구를 벗었고.

"또 수인족이네."

"그러게. 그래도 한 명은 수인족이 아니네."

탱커 플레이어 하야토의 파티원들과 민간인들이 작은 목소리로 수군거리며 마저 잘 준비를 했다.

저벅저벅.

그때 강현수가 골렘술사 유카에게 다가갔다.

"따로 말씀드릴 게 있는데 잠시 시간을 좀 내주실 수 있을까요?"

강현수의 물음에.

"그, 그게……."

골렘술사 유카가 적잖이 당황한 표정으로 머뭇거렸다.

이에 탱커 플레이어 하야토가 자리에서 일어났다.

싫어하는 게 보이지 않냐며 대신 거절할 생각이었는데.

"그럴게요."

골렘술사 유카가 덜컥 허락을 해 버렸다.

'뭐야? 왜 저래?'

탱커 플레이어 하야토는 살짝 놀랐지만.

'뭐, 그럴 수도 있지. 상대가 네임드 플레이어로 추정되는 인물이기도 하고.'

대수롭지 않게 넘겨 버렸다.

수인족을 증오하는 골렘술사 유카가.

수인족의 꼬임에 넘어갈 리가 없었으니까 말이다.

강현수와 골렘술사 유카가 잠시 동굴 밖으로 나왔다.

"수인족이셨네요?"

골렘술사가 유카가 배신당한 표정으로 강현수에게 말했다.

"아닌데요, 전 인간인데요?"

"네? 그게 무슨?"

골렘술사 유카가 그게 무슨 헛소리냐는 표정을 지었다.

"겉모습이 이런 건 야수화 스킬을 사용해서 그런 것뿐입니다."

강현수의 말에 골렘술사 유카가 혼란스러운 표정을 지었다.

다른 사람이 이런 말을 했다면?

개소리하지 말라고 했겠지만.

마리오네트 스킬의 영향으로 강현수에게 적잖은 신뢰와 호감을 느끼고 있었기에 차마 앞에다 대고 그런 말을 할 수가 없었다.

"그보다 실력이 뛰어나시던데, 제 파티에 합류하시지 않겠어요?"

"지금 저한테 스카우트 제의를 하시는 건가요?"

골렘술사 유카의 물음에 강현수가 고개를 끄덕였다.

"수인족이시면 제가 불길한 존재라는 건 아실 텐데요?"

"전 수인족이 아니라니까요. 그리고 그런 미신 따위는 저는 물론이고 제 동료도 일절 믿지 않습니다."

"진짜요?"

"네, 진짜요."

"제 모습이 이상하게 보이시지는 않나요?"

골렘술사 유카는 인간과 수인족의 혼혈이기에 인간도 아니고 수인족도 아닌 애매한 형태를 하고 있었다.

수인족에 대해 잘 모르는 사람이라면?

원래 수인족이 저렇게 생겼나 보다 하고 넘어갈 수 있겠지만.

수인족이거나 수인족 지인이 있는 사람이라면?

단번에 골렘술사 유카가 인간과 수인족 그 어느 쪽에도 속하지 못한 존재라는 사실을 알아차릴 수 있었다.

"전혀요. 오히려 더 특별하고 아름다워 보이는데요."

"그, 그런가요."

강현수의 칭찬에 골렘술사 유카의 얼굴이 붉어졌다.

"당장 결정하시라고는 하지 않겠습니다. 헤어지기 전까지 천천히 고민해 보세요."

강현수가 그 말과 함께 자리를 떠났다.

"미신 따위는 믿지 않아. 더 특별하고 아름다워. 미신 따위는 믿지 않아. 더 특별하고 아름다워……."

골렘술사 유카는 한참 동안 강현수가 했던 말을 되뇌었다.

�֎

다음 날 아침.

강현수 일행, 하야토 파티, 민간인들은 안전한 곳을 찾아 떠났다.

그러나 어디를 가나 오크 무리가 튀어나왔기에 적잖은 고생을 해야 했다.

이는 강현수가 의도한 현상이었다.

'경험치가 계속 올라가네.'

[마족 오크 전사를 다수 쓰러트리는 믿을 수 없는 업적을 이루셨습니다.]

[칭호 마족 살해자 B랭크가 A랭크로 성장합니다.]

[마족 오크 전사를 다수 쓰러트리는 믿을 수 없는 업적을 이루셨습니다.]

[칭호 마족 학살자 F랭크가 E랭크로 성장합니다.]

업적도 꾸준히 성장하고 있었다.

이게 다.

송하나와 투황을 포함한 연대장급 소환수들이 근처에 있는 오크들을 엄청난 속도로 쓸어버리고 있는 덕분이었다.

'잘하고 있나 보네.'

강현수가 동료라고 데리고 온 두 명의 플레이어는 송하나와 투황의 외형을 하고 있었지만.

진짜 송하나와 투황이 아닌 두 사람의 외형을 흉내 낸 도플갱어였다.

진짜 송하나와 투황을 데리고 왔다면?

'두 사람이 광렙을 할 기회를 놓쳤겠지.'

강현수는 소환수들 덕분에 직접 사냥을 하지 않아도 무지막지한 속도로 레벨이 올라갔지만.

송하나와 투황은 직접 사냥을 해야 레벨을 올릴 수 있었다.

강현수는 그간 계속해서 광혈마녀 유카와 접촉했고.

엄청나게 빠른 속도로 친분을 쌓아 갔다.

마리오네트 스킬의 덕을 톡톡히 본 것이다.

'처음에는 효과가 너무 미약하다고 생각했는데.'

그게 아니었다.

'엄청나게 무서운 스킬이야.'

왜 그런 경우가 있지 않은가?

처음 만났는데 마음이 너무 잘 맞고 믿음이 가는 사람.

며칠이라는 짧은 시간을 함께 어울렸을 뿐인데, 십년지기처럼 느껴지는 사람.

그런 감정을 상대가 자신에게 갖게끔 유도할 수 있다는 건 엄청난 힘이었다.

'초조해하는 게 눈에 보이네.'

강현수와 광혈마녀 유카의 사이가 가까워지자.

탱커 플레이어 하야토가 엄청나게 불안해하기 시작했다.

'그간 저놈이 광혈마녀 유카의 버팀목이었어.'

강현수는 광혈마녀 유카와 대화를 나누며 그녀에 대한 많은 정보들을 알아냈다.

그 결과 몇 가지 사실을 알아낼 수 있었다.

'광혈마녀 유카는 애정결핍증과 착한 아이 증후군을 앓고 있다.'

그녀는 다른 사람들의 눈치를 많이 봤다.

또 모든 사람들에게 좋은 이미지로 각인되기를 원했다.

'정확히는 모두에게 사랑받기를 원하는 거지.'

그래서인지 다른 사람의 말에 쉽게 휘둘리는 경향을 보였다.

좋게 말하면 사람이 좋은 거고.

'나쁘게 말하면 줏대가 없는 거지.'

그러나 그중에서도 가장 신경 쓰는 대상이 바로 탱커 플레이어 하야토였다.

탱커 플레이어 하야토는 무란 왕국에서부터 광혈마녀 유카와 함께한 동료였다.

그러나.

'재능이 없지.'

완전 밑바닥인 건 아니었다.

어찌 되었든 수많은 벽을 돌파하고 700레벨을 찍었으니까.

하지만.

'그게 끝이야.'

전투 센스, 스킬 랭크, 직업, 고유 스킬.

그 모든 게 흔하디흔한 고레벨 플레이어 수준이었다.

'애초에 저런 놈이 벽을 깨고 700레벨에 도달한 것 자체도 광혈마녀 유카의 도움 덕분이지.'

나쁘게 말하자면?

'거머리처럼 광혈마녀 유카의 피를 빨아먹고 성장한 거지.'

마치 호구 하나를 잘 문 타짜처럼 말이다.

거기다.

'전형적인 소인배야.'

강현수와 광혈마녀 유카의 친분이 두터워질수록.

탱커 플레이어 하야토가 광혈마녀 유카에게 화를 내는 횟수가 늘어났다.

또 계속해서 과거를 들춰내며 광혈마녀 유카의 자존감을 떨어트렸고.

'마지막은 항상 이게 다 너를 위한 거라는 말로 마무리하지.'

전형적인 '가스라이팅'이었다.

탱커 플레이어 하야토는 광혈마녀 유카의 마지막 버팀목임과 동시에.

광혈마녀 유카를 정신적으로 병들게 하는 악성종양이었다.

진실게임

'왜 미쳐 버렸는지 대충 짐작이 가네.'

아마 계속되는 가스라이팅으로 광혈마녀 유카의 자존감이 계속해서 깎여 나갔을 것이다.

또 강현수에게 하는 짓을 보니.

'절대 주변에 친한 지인이 생기도록 내버려 두지 않았겠지.'

그런 상황에서 어떤 사고가 생겨 탱커 플레이어 하야토가 광혈마녀 유카를 버린다면?

바닥까지 깎여 나간 정신이 완전히 붕괴해 미쳐 버렸을 수도 있다.

'그게 아니면 자신을 버린 세상에 대한 원망과 증오가 폭

발했을 수도 있고.'

그러나 광혈마녀 유카가 어떻게 미쳤는지는 강현수에게
중요한 게 아니었다.

'하야토, 저놈이 시발점이라는 게 중요하지.'

그간 함께한 시간이 있어서일까?

광혈마녀 유카는 강현수의 지속적인 권유에도 하야토 파
티를 떠날 수 없다고 버티고 있었다.

'좀 더 많은 시간을 투자하면 광혈마녀 유카의 생각을 바
꿀 수도 있겠지만.'

해야 할 일이 많은데 그렇게 긴 시간을 투자할 수는 없었
다.

'지금이야 근처에 있는 오크들을 토벌하는 것만으로 충분
하지만.'

조금 더 시간이 흐르면?

근방 오크들의 씨가 마를 것이다.

그럼?

강현수는 경험치와 업적을 얻을 수가 없다.

왜냐하면.

'소환수들이 사냥하는 경험치를 내가 먹는 것도 거리 제한
이 있단 말이지.'

사단장이 된 후 그 거리가 비약적으로 늘어나긴 했지만.

그래 봤자 20킬로미터 남짓.

'지금도 아슬아슬해.'

오크들의 씨가 마르면?

강현수는 경험치와 업적을 포기해야 한다.

'그럴 수는 없지.'

일단 이벤트를 만들어서라도 하야토와 광혈마녀 유카의 신뢰 관계를 완전히 박살 내 버릴 필요성이 있었다.

'말로는 안 통하면 행동으로 보여 줘야지.'

아마 일반적인 상황에서 그런 사고가 터지면?

광혈마녀 유카가 흑화할 가능성이 아주 높았다.

그러나.

'그건 내가 커버해 주면 그만이야.'

마리오네트 스킬 덕분에 짧은 시간에 꽤 많은 친분을 쌓았다.

광혈마녀 유카는 강현수를 하야토 다음으로 믿고 의지하고 있었다.

아마 탱커 플레이어 하야토의 존재만 아니었다면?

진작 강현수의 파티에 들어가겠다고 했으리라.

'그럼 이벤트를 준비해 볼까?'

만약 이 이벤트가 벌어지는 와중에도 탱커 플레이어 하야토가 광혈마녀 유카를 버리지 않는다면?

오히려 탱커 플레이어 하야토와 광혈마녀 유카의 유대가 더 끈끈해질 것이다.

그러면?

'같이 스카우트해 주마.'

탱커 플레이어 하야토는 흔하디흔한 플레이어 중 하나에 불과한 존재지만.

광혈마녀 유카가 회귀 전의 모습으로 변하지 않게 막는 자물쇠 역할을 해 준다면?

얼마든지 품어 줄 수 있었다.

�֍

강현수 일행, 하야토 파티, 민간인들이 꿋꿋이 앞으로 나아갔다.

그러는 와중에.

"인간, 죽어라!"

중간중간 오크들이 모습을 드러냈지만.

서걱! 좌악!

빛보다 빠른 속도로 순식간에 쓸려 나갔다.

그때.

쿠웅!

커다란 발소리와 함께.

5미터에 가까운 체구를 지닌 거대한 오크가 모습을 드러냈다.

"저게 오크야, 오우거야?"

모두가 크게 놀랐다.

"가라!"

쿠오오오!

골렘술사 유카가 진흙 골렘을 돌격시켰다.

그러나.

콰직!

거대한 오크의 도끼질 한 방에.

진흙 골렘들이 박살 났다.

"이럴 수가!"

골렘술사 유카가 크게 놀랐다.

"대족장급 오크입니다. 제가 상대하죠."

강현수가 앞으로 달려 나가며 오러를 끌어 올렸다.

콰아아앙!

강현수의 검과 오크 대족장의 도끼가 충돌하며 공기가 떨릴 정도의 충돌음이 터져 나왔다.

콰앙! 콰앙! 콰앙!

오러의 파편이 비산하고.

숨이 막힐 정도로 강력한 마력의 충돌이 연달아 터져 나왔다.

강현수와 오크 대족장이 팽팽한 전투를 벌이고 있을 무렵.

쿠웅! 쿠웅!

3미터의 체구를 가진 오크 족장 넷이 모습을 드러냈다.

이에 송하나와 투황의 모습을 흉내 낸 도플갱어들이 나서서 네 마리의 오크 족장들을 막아 냈다.

그러는 와중에.

쿠오오오!

추가로 족장급 오크와 대전사급 오크들이 무더기로 모습을 드러냈다.

"칫! 사단 소환."

강현수의 외침과 함께 소환수들이 나타나 오크 무리의 앞을 가로막았다.

금방 치열한 전투가 벌어졌다.

"여기는 저와 파티원들이 막겠습니다! 일단 도망치세요!"

강현수의 외침에.

"히익!"

"어서 도망치자."

하야토 파티와 민간인들이 도주하기 시작했다.

"저도 도울게요!"

그때 골렘술사 유카는 강현수를 돕겠다고 나섰다.

"지금 유카 씨는 저에게 아무런 도움이 되지 않습니다! 일단 이곳을 벗어나세요! 그게 저를 도와주는 겁니다!"

강현수의 말에.

"알겠어요."

골렘술사 유카가 풀이 죽은 표정을 지으며 하야토 파티원들, 민간인들과 함께 도망쳤다.

잠시 후.

하야토 파티원들과 민간인들이 완전히 시야에서 사라졌다.

"너희들은 마력이랑 오러 터트리면서 치열하게 싸우는 척 해."

강현수의 말에.

"충!"

"충!"

오크를 베이스로 만든 소환수들과 도플갱어를 베이스로 한 소환수들이 힘찬 대답과 함께.

꽈아앙!

퍼어엉!

치열한 전투를 이어 나갔다.

"네가 해야 할 일은 알고 있지?"

강현수가 오크 대족장으로 변신한 도플갱어 킹 탈리만에게 물었다.

"예, 주군."

"가라."

강현수의 말에 도플갱어 킹 탈리만의 외형이 오크 대족장에서 오크 족장으로 변했다.

그 후 도망친 하야토 파티원들과 민간인들을 뒤쫓기 시작
했다.

'나는 구경이나 해 볼까?'

강현수는 달의 그림자 스킬을 사용한 후.

느긋하게 발걸음을 옮겼다.

⁂

"헉헉헉!"

하야토 파티원들과 민간인들은 정신없이 도주 중이었다.

"더 이상은 못 뛰겠어요. 저 좀 업어 주세요."

민간인들 중 한 명이 하야토 파티에 도움을 요청했다.

"제가 도와드릴게요."

골렘술사 유카가 도움을 청한 민간인을 등에 업었다.

마법사 계열 플레이어로 마력과 정신력을 주로 찍기는 했
지만.

명색이 플레이어.

민간인 한 명 정도는 가뿐히 업을 수 있을 정도의 힘과 체
력은 있었다.

"헉헉! 저, 저도 좀 업어 주세요."

"저도 더 이상은 못 가겠어요."

한 명이 도움을 요청해 골렘술사 유카의 등에 업혀 가자.

체력이 고갈된 민간인들이 너 나 할 것 없이 하야토 파티원들에게 도움을 청했다.

"이런 씨발! 나도 힘들어 죽겠는데 무슨 개소리야!"

힐러 플레이어 브레드가 가장 먼저 욕설을 토해 냈다.

"하야토! 언제까지 저 짐덩어리들이랑 같이 다닐 거야? 저놈들 때문에 이동속도가 느려지잖아! 이러다가는 우리도 오크 놈들에게 잡혀 죽는다고!"

힐러 플레이어 브레드의 불평에 탱커 플레이어 하야토의 표정이 굳어졌다.

힐러 플레이어 브레드의 말에 화가 나서가 아니었다.

'틀린 말은 아니야. 이대로 가면 우린 다 죽을 수밖에 없어.'

지금까지는 골렘술사 유카가 골렘을 소환해 시간을 벌어 겨우 버틸 수 있었지만.

'그것도 이제 끝이야.'

골렘술사 유카의 마력도 완전히 바닥났기 때문이다.

'차라리 민간인들을 미끼로 던지고 가면?'

약간의 시간은 벌 수 있었다.

문제가 있다면.

"브레드! 어떻게 그런 말을 할 수가 있어! 그럼 이 사람들은 여기서 다 죽으라는 말이야?"

골렘술사 유카의 반발이었다.

"그럼 우리도 저 사람들이랑 같이 죽을까? 전에도 네가 고집부려서 우리가 다 죽을 뻔했어! 그 수인족 네임드 플레이어가 안 왔으면 확실히 죽었겠지!"

"맞아! 그때 우리 파티가 전멸할 뻔했다고!"

"이 정도까지 지켜 줬으면 인간으로서 할 도리는 다한 거지!"

"난 더 이상 저 사람들이랑 같이 못 가!"

힐러 플레이어 브레드로 시작된 파티원들의 집단 반발에 골렘술사 유카의 표정이 굳어졌다.

"살려 주세요!"

"제발 저희를 버리지 마세요!"

"걸어갈게요! 얼마든지 더 걸어갈 수 있어요!"

방금 전까지 더는 못 걷겠다고 했던 이들이 일제히 더 걸을 수 있다며 살려 달라고 애원했다.

그 모습을 본 골렘술사 유카는.

"그럼 너희들끼리 가. 난 저 사람들 못 버려."

홀로 남겠다고 선언했다.

대도시 내부에서도 골렘술사 유카는 이런 식으로 고집을 피웠다.

그 결과 파티원 전부가 남게 되었고.

파티원 전체가 죽을 뻔했다.

그러나 이번에는 상황이 달랐다.

"그럼 너 혼자 저 사람들이랑 죽어. 난 싫으니까."

힐러 플레이어 브레드가 먼저 몸을 돌렸고.

"난 살고 싶어."

"나도 네 고집 때문에 죽기는 싫다."

다른 파티원들도 힐러 플레이어 브레드의 뒤를 따라 차례로 몸을 돌렸다.

"하야토!"

골렘술사 유카가 하야토를 바라봤지만.

"유카 네 고집 때문에 파티원을 전멸시킬 생각이야?"

"그게 아니고……."

짜악!

탱커 플레이어 하야토가 골렘술사 유카의 뺨을 후려쳤다.

"유카, 넌 왜 그렇게 이기적이니?"

"난 이 사람들을……."

"따라와."

탱커 플레이어 하야토가 골렘술사 유카의 등에 업힌 사람을 강제로 내려놓고 힘으로 잡아끌었다.

쿠오오오!

쿵쿵쿵!

오크들의 포효와 발소리가 더 가까워졌다.

"난 안 가! 안 갈 거라고!"

골렘술사 유카가 고집을 피웠지만.

힘으로는 탱커 플레이어인 하야토를 이길 수가 없었다.

결국 마력이 바닥난 골렘술사 유카로서는 그저 끌려갈 수밖에 없었다.

"살려 주세요!"

"우리를 버리지 마세요!"

민간인들이 애원했지만.

하야토는 강제로 골렘술사 유카를 들쳐 업고 파티원들의 뒤를 따랐다.

쿠웅! 쿠웅!

그때 오크 무리가 민간인들의 눈앞에 나타났다.

"아아아악!"

"히익! 살려 줘!"

"우린 죽을 거야! 죽을 거라고!"

"살려 주세요! 제발 돌아와 주세요!"

"야이! 나쁜 놈들아! 우리도 살려 달라고!"

민간인들이 비명을 지르며 야단법석을 떨었다.

그러나.

쿠웅! 쿠웅! 쿠웅!

오크 무리는 민간인들을 무시하고 지나가.

하야토 파티의 뒤를 추격했다.

"뭐야?"

"우리 산 거야?"

"그런가 본데?"

그 덕분에 민간인들은 목숨을 구할 수 있었다.

✽

'싫어! 싫어!'

골렘술사 유카의 귀에 민간인들의 살려 달라는 외침과 비명 그리고 원망의 목소리가 맴돌았다.

그때.

"이제 네가 걸어."

탱커 플레이어 하야토가 골렘술사 유카를 바닥에 내려놨다.

"하야토!"

골렘술사 유카가 탱커 플레이어 하야토를 노려봤다.

당장 욕설을 쏟아부으려 했지만.

"하야토, 잘했어."

"유카 네가 너무 고집을 피웠어."

"하야토가 아니었으면 너도 죽었을 거라고."

"앞으로 또 그러면 그때는 진짜 끝이야."

파티원들의 말을 듣는 순간.

저절로 말문이 막혀 버렸다.

"유카 네 잘못으로 파티원들이 전멸할 뻔했어. 네가 얼마나 어리석었는지……."

탱커 플레이어 하야토의 설교가 이어졌고.

골렘술사 유카의 입에서 나온 말은.

"미안해. 내가 잘못했어."

욕설이 아닌 사과였다.

30명의 민간인들.

그들은 이미 죽었을 것이고.

죽은 사람은?

사랑을 줄 수도 없고.

미움을 줄 수도 없다.

골렘술사 유카에겐 그런 죽은 사람들보다는.

아직 자신의 눈앞에 살아 있는 하야토와 파티원들의 미움을 사지 않는 게 더 중요했다.

"가자."

하야토가 이끄는 파티가 다시 앞으로 나아갔다.

하지만.

쿠오오오!

족장급 오크들과의 거리가 점점 가까워졌고.

체력이 약한 힐러 플레이어 브레드와 골렘술사 유카가 가장 먼저 뒤처지기 시작했다.

"나 좀 업어 줘!"

힐러 플레이어 브레드가 도움을 청했다.

"웃기고 있네! 너만 힘드냐? 우리도 힘들어!"

"내 체력도 바닥이야! 널 업고 가다가는 나까지 따라잡힌다고!"

"너 하나 구하자고 우리가 다 죽어야겠어?"

그러나 그런 그에게 돌아온 것은.

동료들의 폭언이었다.

힐러라는 이유로 항상 특별 대접을 받으며 파티원들에게 갑질을 했던 브레드의 업보가 고스란히 돌아온 것이다.

"이 자식들이! 너희가 어떻게 그럴 수 있어! 네놈들이 지금까지 어떻게 목숨을 붙이고 살아 있는데! 내 힐이 아니었으면 너희들은 진작에 죽었어!"

힐러 플레이어 브레드가 악을 썼지만.

아무 소용도 없었다.

"내가 업어 줄게."

그때 파티장인 탱커 플레이어 하야토가 다가오자 힐러 플레이어 브레드의 얼굴이 환해졌다.

"그래, 너라면 내 가치를 알 줄 알았어! 날 살려야……."

그러나 탱커 플레이어 하야토가 등에 업은 사람은.

힐러 플레이어 브레드가 아니라 골렘술사 유카였다.

"너 이 자식!"

"그러게 평소에 심보를 좀 곱게 쓰지 그랬냐?"

"뭐?"

"잘 가라. 그동안 지긋지긋했고, 다시는 보지 말자."

그 말과 함께 탱커 플레이어 하야토가 골렘술사 유카를 등에 업고 사라졌다.

"헉헉! 미안해, 내가 잘못했어! 그러니까 제발 도와줘!"

힐러 플레이어 브레드가 애타게 파티원들에게 도움을 청했지만.

그를 도와주는 사람은 아무도 없었다.

짐이 된다고 민간인들을 버렸던 그가.

결국은 그 민간인들처럼 버려지는 처지가 된 것이다.

크르르르!

어느새 오크 무리가 코앞까지 다가왔다.

"히익!"

힐러 플레이어 브레드는 죽음을 직감했다.

그러나.

쿵! 쿵! 쿵!

오크 무리는 힐러 플레이어 브레드를 무시하고 그대로 다른 파티원들의 뒤를 쫓아 사라졌다.

'사, 살았다.'

힐러 플레이어 브레드가 안도의 한숨을 내쉬었다.

하지만.

'이제 어떻게 하지?'

오크 무리가 득실거리는 숲 한가운데 홀로 남아 버렸다.

플레이어라고는 하지만 힐러인 브레드가 살아남을 가능성은?

제로에 가까웠다.

탱커 플레이어 하야토가 이끄는 파티는 결국 한계를 맞이했다.

파티의 리더인 탱커 플레이어 하야토의 선택은?

동료들을 미끼로 버리는 거였다.

"살려 줘! 날 버리지 마!"

"야이! 나쁜 놈아! 살려 달라고!"

체력이 약한 딜러들부터 하나둘 버려졌고.

결국 남은 파티원은 탱커 플레이어 하야토와 그의 등에 업힌 골렘술사 유카뿐이었다.

'이런 젠장!'

탱커 플레이어인 하야토는 파티원들 중 체력 스텟이 가장 높았다.

그래서 지금까지 버틸 수 있었지만.

더 이상은 한계였다.

그나마 중간중간 골렘술사 유카가 마력을 회복해 진흙 골렘을 소환해 시간을 끌었기에 지금까지 살아남을 수 있었지만.

'더는 무리야.'

체력이 바닥을 드러내자.

가볍게만 느껴지던 골렘술사 유카의 무게가 점점 무겁게 느껴졌다.

"헉헉! 이제 네가 걸어!"

탱커 플레이어 하야토가 골렘술사 유카를 바닥에 내팽개치며 말했다.

"하, 하야토, 나 더 이상 못 걸어. 다리가 안 움직여."

골렘술사 유카의 다리가 경련을 일으키며 부들부들 떨리고 있었다.

설사 다리가 멀쩡했다고 해도.

골렘술사 유카는 체력이 바닥나 더 이상 걸을 수가 없었다.

"쿵쿵! 인간 냄새가 난다!"

"저기 있다!"

그러는 사이 오크들이 점점 가까이 다가왔다.

'싸우는 건 무리야.'

오크 족장이 무려 셋이나 있었다.

"유카, 마력은 어느 정도 회복됐어?"

"진흙 골렘 하나 정도는 소환할 수 있을 것 같아."

"그럼 얼른 소환해. 조금이라도 시간을 끌어야지."

"아, 알았어."

골렘술사 유카가 남은 마력을 쥐어짜서 진흙 골렘 한 기를 만들어 냈다.

"인간이다! 죽여라!"

쿠오오오!

오그 족장 셋이 달려들었고.

쿠쿠쿠쿠!

진흙 골렘이 그 앞을 가로막았다.

이기는 건 무리지만.

약간의 시간을 끄는 건 가능했다.

"하야토, 이제 다시 도망……."

골렘술사 유카가 탱커 플레이어 하야토의 이름을 부르며 뒤를 돌아봤지만.

그런 골렘술사 유카의 눈에 보이는 건 등을 돌리고 혼자 도망치는 탱커 플레이어 하야토의 뒷모습뿐이었다.

"하야토! 네가 어떻게 날 버릴 수가 있어!"

골렘술사 유카가 원망스러운 목소리로 외쳤다.

"너만 아니었으면 애초에 이런 위기를 겪지도 않았어! 최대한 시간을 끌어!"

"지금 나를 버리는 거야? 영원히 헤어지지 말자고 했잖아! 항상 함께라고 했잖아! 하야토!"

골렘술사 유카가 탱커 플레이어 하야토의 이름을 부르짖었지만.

어느새 탱커 플레이어 하야토의 모습은 골렘술사 유카의

시야에서 사라진 후였다.

골렘술사 유카의 눈에서 생기가 사라졌다.

'하야토가 날 버렸어.'

다른 사람은 몰라도 하야토만은 믿고 있었는데.

결국.

'버림받았어.'

또 이용당했다.

'아무도 날 사랑해 주지 않아.'

항상 이용하려고만 할 뿐.

골렘술사 유카는 바보가 아니다.

그렇기에.

하야토가 자신으로 인해 큰 이득을 누리고 있다는 것 정도는 알고 있었다.

하지만 괜찮았다.

'내 곁에 있어 줬으니까.'

파티원들도 마찬가지였고.

다른 사람들도 마찬가지였다.

'내가 쓸모가 있으면.'

칭찬해 줬고 사랑과 관심을 줬다.

그게 진심이 아니라는 것 정도는 알고 있었지만.

'괜찮았는데.'

그런 거짓된 사랑과 관심이라도 받고 싶었다.

그리고 언젠가는 그 거짓된 사랑과 관심이 진심으로 변할
수도 있다고 믿었다.

하지만.

그런 일은 일어나지 않았다.

'결국 또 혼자야.'

사람을 믿고 의지했지만.

지금까지 상처만 받았다.

'미워.'

항상 자신에게 상처만 주는 사람이라는 존재가 증오스러
웠다.

'이제는 믿지 않을 거야.'

믿지 않으면?

의지하지 않으면?

상처받을 일도 없다.

'차라리 모두 없어지는 게 나아.'

사람이라는 존재가 사라지면.

사랑과 관심을 받을 수 없지만.

상처받지도 버림받지도 않을 수 있다.

'다 없애 버리자.'

그러면.

'상처받지도 버림받지도 않을 거야.'

골렘술사 유카의 눈빛이 광기로 물들며.

광혈마녀 유카의 눈빛으로 변했다.
그 순간.

[전직 조건을 완료했습니다.]

피처럼 붉은 시스템 메시지가 떠올랐다.

[가이아 시스템에 등록되지 않은 전직 시스템입니다.]
[오류! 오류!]

푸른빛의 시스템 메시지가 미친 듯이 깜빡거렸지만.
유카의 눈에는 들어오지 않았다.

[U-EX랭크 절망과 공포의 누더기 골렘술사로 전직하시겠습니까?]
[예] [아니오]

피처럼 붉은 시스템 메시지가 푸른빛의 오류 시스템 메시지를 무시하고 떠올랐다.
유카가 예를 선택했고.
화악!
붉은 빛이 유카의 몸을 휘감았다.

[U-EX랭크 절망과 공포의 누더기 골렘술사로 전직하셨습니다.]

[SS랭크 물 골렘 소환 스킬이 SSS랭크 블러드 골렘 소환 스킬로 변경되었습니다.]

[S랭크 아이언 골렘 소환 스킬이 SS랭크 본 골렘 소환 스킬로 변경되었습니다.]

[SS랭크 진흙 골렘 소환 스킬이 SSS랭크 플래시 골렘 소환 스킬로 변경되었습니다.]

……후략……

피처럼 붉게 물든 시스템 메시지가 연속적으로 유카의 눈앞에 떠올랐다.

꽈앙!

그사이 진흙 골렘이 박살 났고.

쿵! 쿵! 쿵!

오크 족장들이 서서히 다가왔다.

유카는 하나도 두렵지 않았다.

바닥났던 마력이 어느 정도 회복되었고.

새롭게 얻은 스킬들과 그 스킬들을 활용할 지식들이 머릿속에 넘쳐흘렀다.

유카가 손을 들어 올려 새롭게 얻은 스킬을 사용하려는 순간.

꽈아아앙!

강현수가 등장해 핏빛 오러가 담긴 검을 휘둘러 오크 족장 세 마리를 순식간에 쓸어버렸다.

"유카 씨, 괜찮아요?"

강현수의 물음에.

유카가 얼굴을 찌푸렸다.

'인간은 다 죽여 버려야 해.'

그래야 버림받지도 않고 상처받지 않는다.

'하지만 이 사람은 달라.'

그렇지만?

저 사람도 하야토처럼 자신을 버릴 수 있다.

'머리가 아파.'

강현수의 등장과 함께.

유카 스스로 새롭게 창조해 낸 인간에 대한 정의와 기준이 흔들렸다.

그때.

'확인해 보면 알 수 있어.'

좋은 해결책이 유카의 머릿속에 떠올랐다.

"네, 괜찮아요."

"늦어서 미안해요."

"아니에요."

유카가 환한 미소를 지으며 말했다.

'뭔가 이상한데?'

0레벨
플레이어

강현수가 고개를 갸웃거렸다.

전과는 다르게 뭔가 표정이 기계적이었다.

그동안 강현수는 달의 그림자 스킬을 쓴 상태로 하야토 파티의 뒤를 따라다녔다.

그렇기에 유카가 어떻게 버려졌는지 잘 알고 있었다.

흑화하기 전에 등장했다고 생각했는데.

'늦은 건가?'

강현수는 긴장감을 빠짝 끌어올렸다.

"일단 가죠."

강현수는 유카를 안아 들고 빠르게 몸을 움직였다.

"쿠욱! 인간이다!"

"죽여라!"

그때 수백 마리 규모의 오크들과 마주쳤다.

'잔챙이들이네.'

강현수의 소환수들이 주변에 존재하는 대규모 오크 무리를 모조리 박살을 냈지만.

수백 마리 규모로 활동하는 오크들은 아직 완전히 토벌하지 못했다.

숫자가 워낙 많기도 했고.

경험치 수급 문제로 강현수 곁에서 20킬로미터 이상 떨어질 수 없었기 때문이다.

콰콰콰콰!

강현수의 검이 핏빛 오러에 휩싸였고.

꽈아아앙!

순식간에 오크 무리를 분쇄해 버렸다.

그럼 당연히 오크들의 사체가 잔존 마력으로 변해 강현수의 몸으로 흡수되어야 했지만.

이변이 발생했다.

우득! 우득!

산산이 조각난 오크들의 사체가 뭉쳐지며.

쿠오오오!

언데드 몬스터의 형상으로 되살아난 것이다.

"이게 무슨?"

강현수의 표정이 굳어졌다.

언데드 몬스터의 형상을 띠고 있기는 했지만.

저건 언데드 몬스터가 아니었다.

'누더기 골렘.'

피로 만들어진 블러드 골렘, 뼈로 만들어진 본 골렘, 살덩이로 만들어진 플래시 골렘의 합체 형태로.

'오직 광혈마녀만이 만들어 낼 수 있는 골렘이지.'

강현수가 재빨리 유카의 얼굴을 살폈다.

"어, 어떻게 하죠? 언데드 몬스터들이 나타났어요. 엄청 강해 보이는데."

유카가 겁에 질린 표정으로 말했다.

'이것 봐라?'

강현수는 금세 상황을 파악했다.

'내가 목숨이 위급한 상황에서 자기를 버리는지 안 버리는지 알고 싶다 이거지?'

문제가 하나 있다면.

'날 위험에 처하게 하기에는 저놈들이 너무 약한데.'

광혈마녀 유카.

인류 최강의 플레이어.

모든 인류의 공적.

그러나 그래 봤자.

'아직은 미완성이지.'

강현수가 마음만 먹으면?

저 정도 숫자의 누더기 골렘들은 가볍게 쓸어버릴 수 있었다.

'적당히 연기를 할 수도 있기는 하지만.'

나중에 유카가 강현수의 진짜 실력을 알게 되면?

'역효과야.'

어차피 연기를 해야 한다면?

'제대로 하는 게 낫지.'

강현수가 아까 역소환했던 도플갱어 킹 탈리만을 비롯한 도플갱어들을 다시금 소환했다.

ㅡ네가 직접 오크 대족장으로 변하고 다른 도플갱어들은

오크 대전사와 전사로 변해서 나를 공격해라.

강현수의 지시에.

—충.

도플갱어 킹 탈리만이 순식간에 5미터의 덩치를 가진 오크 대족장으로 화했고.

다른 도플갱어들은 오크 대전사와 오크 전사로 화했다.

"쿠오오오! 인간 죽인다!"

"히익!"

오크 대족장으로 화한 도플갱어 킹 탈리만과 오크 대전사로 화한 도플갱어들이 등장하자.

유카의 입에서 절로 비명이 터져 나왔다.

'어, 어떻게 하지?'

새롭게 손에 넣은 스킬로 골렘을 만들어 강현수를 진심을 확인해 보려고 했다.

그런데 정말 강력한 적인 오크 대족장과 오크 대전사들이 나타났다.

'함께 싸워야 하나? 그럼 이상하게 생각할 텐데?'

유카가 혼란에 빠져들었고.

금방이라도 강현수를 공격할 것 같았던 언데드 몬스터의 형태를 한 누더기 골렘들 역시 행동을 멈췄다.

"아까 따돌렸다고 생각했는데, 아니었나?"

강현수가 당황한 표정을 짓고는 유카를 내려놓았다.

"하압!"

그리고 힘찬 기합과 함께 오크 대족장으로 화한 도플갱어 킹 탈리만에게 달려들었다.

꽈아앙! 꽈아앙!

오러의 파편이 사방으로 터져 나가고.

유카의 수준으로는 감히 측량하기조차 힘든 거대한 마력 충돌이 연달아 터져 나왔다.

꽈직! 퍼석!

골렘술사인 유카의 지시가 없어 행동을 멈추고 있던 누더기 골렘들이.

강현수와 오크 대족장으로 화한 도플갱어 킹 탈리만의 싸움에 휘말려 순식간에 박살이 나 버렸다.

'엄청나다.'

유카는 새로운 시스템 메시지와 함께 자신이 급격히 강해졌다는 사실을 알고 있었다.

직업이 변화했고.

그와 동시에 새로운 스킬들을 얻었으며.

스텟도 상승했다.

그래서 강현수를 위기에 처하게 할 수 있다고 생각했는데.

'큰 착각이었어.'

오크 대족장이 등장하지 않았다면?

누더기 골렘들은 순식간에 쓸려 나갔을 것이다.

문제는 강현수도 강하지만.

진흙 골렘을 일격에 박살 내 버렸던 오크 대족장 역시 엄청나게 강하다는 점이었다.

'어?'

그런 유카의 눈에 이상한 점이 들어왔다.

누더기 골렘들이 쓸려 나가고.

대기가 떨리고 대지 갈라지는 수준의 치열한 접전이 벌어지고 있는 와중에.

'내 주변은 멀쩡해.'

거기다.

오크 대전사들 역시 유카를 향해 덤벼들지 못하고 있었다.

"아!"

유카는 그제야 그 이유를 알아차렸다.

강현수가.

유카에게 날아오는 공격을 모두 몸으로 막아 내고 있었다.

그뿐 아니라.

캬우우욱!

강현수는 오크 대족장과 치열한 전투를 벌이는 와중에도 유카를 향해 덤벼드는 오크 대전사들을 지속적으로 견제하고 있었다.

문제는.

"안 돼!"

그 과정에서 강현수가 크고 작은 부상을 입고 있다는 점이었다.

유카는 강현수를 돕고 싶었지만.

방금 전 누더기 골렘을 소환하느라 마력을 모두 소모했기 때문에.

돕고 싶어도 도울 수가 없었다.

설사 마력이 남아 있다고 해도.

유카의 실력으로 만들어 낸 골렘은 전투에 별다른 도움이 되지 않았을 테지만 말이다.

"칫, 사단 소환!"

그때 강현수의 외침과 함께.

사아아악!

마력으로 이루어진 병사들이 생겨나 유카를 호위하고 오크들을 공격해 포위망을 뚫기 시작했다.

"쿠워어어억! 모두 모여라!"

이에 오크 대족장이 힘찬 함성을 터트리자!

쿠오오오!

사방에서 오크들이 물밀듯이 밀려들었다.

강현수의 소환수들과 오크들이 전투가 아닌 대규모 전쟁을 벌이기 시작했다.

"이 틈에 달아나죠."

강현수의 말에 유카가 어리둥절한 표정을 지었다.

"저건 뭐죠?"

"제 소환수들입니다. 제 직업이 소환사 계열이거든요. 아까도 보시지 않았나요?"

"아!"

유카가 작은 탄성을 터트렸다.

'그러고 보니.'

처음 오크 대족장의 습격을 받았을 때.

강현수의 외침과 함께 튀어나온 소환수들이 다른 이들이 도망칠 수 있도록 시간을 벌어 줬던 기억이 났다.

그때는 워낙 다급한 상황이라 어떻게 된 일인지 물어볼 생각도 못 했는데.

'소환사라서 그런 거였어.'

유카의 얼굴이 환해졌다.

강현수와 자신의 공통점 하나가 늘어났기 때문이다.

"사실 아까도 저 녀석들 덕분에 시간을 벌고 겨우 탈출할 수 있었습니다."

강현수가 설명과 함께 소환수들이 벌어 준 틈을 이용해 포위망을 뚫고 탈출했다.

그때 상황이 급변했다.

"쿠오오오! 잡아라!"

오크 대족장이 오크 족장과 대전사들을 이끌고 소환수들의 방어진을 뚫고 다시 추격해 온 것이다.

점점 거리가 가까워졌다.

"먼저 가세요. 제가 뒤를 막겠습니다!"

강현수의 말에.

"싫어요!"

유카가 거절했다.

"이러다가는 우리 둘 다 죽을 수밖에 없어요! 유카 씨라도 살아야죠! 그러니까 어서 가세요!"

강현수가 유카를 바닥에 내려놓은 후.

퇴로를 막기 위해 다시금 오크 대족장을 향해 덤벼들었다.

꽈앙! 꽈앙!

강현수가 홀로 분전하며 오크 대족장과 다른 오크들을 막아 냈다.

"아······."

진짜였다.

진심이었다.

강현수는 목숨이 경각에 달리자 자신을 버리고 혼자 도망친 하야토와 달랐다.

'드디어 찾았어.'

믿고 의지해도 배신당할 걱정이 없는 사람.

괜히 마음을 줬다가 상처받거나 버림받을까 걱정할 필요가 없는 사람.

'다른 사람은 몰라도 저 사람은 믿을 수 있어.'

모든 인간을 죽이면 상처받지도 버림받지도 않는다는 진리를 깨달았다.

　예외는 없다고 생각했는데.

　방금 유일한 예외가 생겼다.

　유카의 광기 어린 눈빛에 따뜻한 순풍이 불었다.

　'차라리 같이 싸우다 죽겠어.'

　유일하게 진심으로 믿고 의지할 수 있는 대상인 강현수를 잃느니.

　함께 죽는 게 나았다.

　문제는 유카 자신의 마력이 바닥난 상태였다는 점.

　설사 마력이 온전하다고 해도.

　유카의 실력으로는 현재의 전황을 뒤집을 수 없었다.

　'그 스킬을 사용하자.'

　새롭게 얻은 스킬이자.

　단 한 번만 사용이 가능한 일회성 스킬.

　파멸의 골렘.

　절망과 공포의 누더기 골렘술사가 자신의 목숨을 바쳐야만 소환할 수 있는 골렘.

　유카가 호신용 단검을 꺼내 자신의 심장을 향해 겨눴다.

　그리고 막 찔러 넣으려는 순간.

　"조금 늦었지!"

　"미안!"

꽈아아앙!

강현수의 동료인 송하나와 투황이 모습을 드러냈다.

이 두 사람은.

도플갱어가 흉내 낸 가짜가 아닌 진짜 송하나와 투황이었다.

원래는 조금 더 늦게 투입할 생각이었는데.

'설마 파멸의 골렘을 소환하려고 할 줄은 몰랐네.'

강현수는 도플갱어 킹 탈리만이 화한 오크 대족장과 적당히 치고받으면서도 지휘관의 시선을 통해 지속적으로 유카를 관찰하고 있었다.

그러던 중 그녀가 단검을 꺼내 심장을 겨누자 화들짝 놀라 재빨리 송하나와 투황을 투입시켰다.

'파멸의 골렘은 재앙 그 자체지.'

광혈마녀가 토벌당하기 직전 자신의 목숨을 희생해 만들어 낸 골렘으로.

'광혈마녀에게 죽은 토벌대원보다 파멸의 골렘에 죽은 토벌대원이 더 많았을 정도지.'

스킬 랭크가 낮을 테니 그때보다는 위력이 낮겠지만.

'위력이 중요한 게 아니지.'

지금까지 공을 들인 광혈마녀 유카가 스스로 목숨을 끊게 만들 수는 없는 노릇이었다.

강현수는 송하나, 투황과 함께 오크 무리로 위장한 도플갱어 킹 탈리만을 비롯한 도플갱어들과 일진일퇴의 치열한 접전을 벌였고.

다행히(?) 승기를 잡았다.

"쿠워어억! 다음에 보자!"

전황이 뒤집히자 오크 대족장으로 화한 도플갱어 킹 탈리만이 뻔한 악당의 대사를 내뱉으며 도망쳤다.

"저놈이 부하들을 데리고 다시 찾아올 수도 있어. 일단 이곳을 벗어나자."

강현수의 말에 모두가 고개를 끄덕이며 자리를 피했다.

잠시 후.

어느 정도 안전이 확보되었다고 생각한 강현수 일행이 발걸음을 멈췄다.

"그런데 유카 씨, 다른 사람들은 어떻게 된 거죠?"

강현수가 광혈마녀 유카에게 하야토 파티원들과 민간인들의 행방을 물었다.

"그게 그러니까……."

광혈마녀 유카가 상황을 설명했고.

강현수는 모르는 척하며 그녀의 말을 들었다.

"민간인들은 죽었겠지만 파티원들은 아직 살아 있을 수도 있잖아요. 한번 찾아볼까요? 그래도 유카 씨와 오랜 시간 함께한 동료였는데."

강현수의 물음에.

"아니요. 어차피 죽어도 싼 인간들이에요. 또 괜히 그 녀석들을 찾다가 우리까지 위험에 빠질 수는 없어요."

광혈마녀 유카가 무표정한 얼굴로 대답했다.

"뭐, 그렇기는 하죠."

그간 의지하던 하야토를 비롯한 파티원들에 대한 미련이 일절 느껴지지 않았다.

"그리고 파티에 들어갈게요."

광혈마녀 유카가 강현수 파티 합류를 선언했다.

"아, 그런데 파티에 들어오려면 조건이 하나 있습니다. 그게 뭐냐면……."

강현수가 자신의 직업에 대해 간략하게 설명했다.

"저랑은 조금 다르지만 어쨌든 같은 소환사인 거네요."

"맞습니다."

"제가 현수 씨의 휘하 지휘관이 되면 일종의 소환수가 되는 거니까 절대 헤어질 일이 없겠죠?"

"그렇죠."

강현수의 대답에.

"지휘관이 될게요!"

광혈마녀 유카가 환한 얼굴로 대답했다.

'계획대로 진행돼서 다행이기는 한데.'

뭔가 기이한 집착 같은 게 느껴져서 뒷골이 서늘했다.

'뭐, 좋은 게 좋은 거지.'

이제 와서 물릴 수도 없는 노릇이고.

휘하 지휘관이 되면 충성심 상승 효과도 있으니.

'무조건 휘하에 받아들여야지.'

강현수가 광혈마녀 유카에게 지휘관 임명 스킬을 사용했다.

[플레이어 강현수가 지휘관 임명 스킬을 사용했습니다. 수락하시겠습니까?]

[예] [아니오]

광혈마녀 유카가 당연히 예를 선택했다.

화아악!

[중대장으로 임명되셨습니다.]

[모든 스텟이 10% 증가합니다.]

"우와! 현수 씨, 정말 스텟이 올랐어요! 정말 고마워요!"

광혈마녀 유카가 환하게 웃으며 감사 인사를 했다.

"하나 더 있어요."

강현수가 그 말과 함께 지휘관의 축복 스킬을 시전해 줬다.

그간 꾸준히 사용한 덕에 지휘관은 축복 스킬 역시 S랭크로 상승한 상태였다.

그 결과 30%의 스텟 증폭률을 보였고.

"정말 대단해요!"

지휘관 임명과 지휘관의 축복을 받은 광혈마녀 유카의 모든 스텟이 총 40%나 증가했다.

"아, 그리고 하나 말씀드릴 게 있는데요."

"뭐죠?"

강현수의 물음에 유카가 조심스럽게 입을 열었다.

"제가 얼마 전에 전직을 했거든요."

"전직요?"

"예, 그게 뭐냐면. 아, 그냥 보여 드릴게요."

그 말과 함께 유카가 자신의 상태창과 아까 떴던 시스템 메시지창을 강현수에게 오픈했다.

'뭐지?'

시스템 메시지창을 본 강현수의 눈이 휘둥그레졌다.

'가이아 시스템에 등록되지 않은 전직 시스템? 오류?'

회귀 전에도 이런 시스템 메시지는 본 적이 없었다.

거기다.

'U-EX랭크? 이게 뭐지?'

광혈마녀 유카의 직업 랭크가 이상했다.

'얼음 왕의 목걸이가 계속 성장하는 걸 보고 EX랭크 이상이 있을 수도 있다고 생각하기는 했지만.'

직접 그 실체를 확인하는 건 처음이었다.

'이래서 그렇게 강했던 건가?'

광혈마녀 유카는 회귀 전 인류 최강의 플레이어라고 불렸던 존재.

신의 칭호를 받은 네임드 플레이어들조차 광혈마녀 유카를 이기지 못했다.

'이유는 두 개야.'

하나는 EX랭크를 뛰어넘은 직업.

또 하나는.

'붉은 시스템 메시지.'

가이아 시스템에 등록되지 않았고 오류가 발생했다는 건?

'누군가 가이아 시스템을 변경시켰다는 거야.'

하필 그 변경 대상이 회귀 전 수천만의 인명을 살상했던 인류의 공적이다?

'마왕이 벌인 일일 확률이 높아.'

마왕군은 가이아 시스템의 방호를 뚫을 수 있는 유일한 존재.

'뚫는 걸 넘어서 개입까지 가능했던 건가?'

그럼 광혈마녀 유카만이 아니라.

'다른 인류 공적들도 이런 식으로 탄생한 걸 수도 있어.'

인류 공적들은.

'모두 규격 외의 힘을 가지고 있었으니까.'

또 동족인 인류에 대한 증오와 분노로 똘똘 뭉쳐 있었다.

'어떤 식으로 시스템에 개입한 건지는 모르겠지만.'

어쩌면 회귀 전에 인류 공적을 모두 제거한다는 계획이.

'무용지물이 될 수도 있겠어.'

인류 공적들을 조기에 제거한다고 해도.

'다른 플레이어가 전직 조건을 만족하면?'

강현수가 알지 못하는 새로운 인류 공적이 탄생할 수도 있었다.

'상관없어.'

회귀 전의 정보가 비틀어진다는 단점은 어차피 예상했던 일이다.

'단점은 새롭게 손에 넣은 장점으로 상쇄하면 그만이야.'

강현수 본인 자체가 수많은 규격 외의 힘을 손에 넣었고.

로크토 제국을 장악했으며.

송하나, 투황, 광혈마녀 유카를 포함한 수많은 이들의 운명을 뒤틀었다.

'지금처럼만 해 나가면 돼.'

마계 귀족이나 인류 공적이 나타난다?

회귀 전에는 수많은 네임드 플레이어들이 힘을 합쳤음에도.

엄청난 희생을 치른 후 겨우 쓰러트릴 수 있었다.

반면 지금은?

강현수와 소환수 그리고 휘하에 넣은 지휘관들만으로도 얼마든지 처리가 가능했다.

"뭐가 이상한가요?"

광혈마녀 유카가 초조한 표정으로 강현수에게 물었다.

그녀가 초조한 이유는.

'혹시 알아차렸으면 뭐라고 변명하지?'

누더기 골렘을 언데드 몬스터로 위장했던 게 걸리면 어쩌지 하는 걱정 때문이었다.

"아닙니다. 그저 처음 보는 메시지와 직업 랭크가 있어서 조금 놀랐을 뿐입니다."

"아, 그렇군요."

광혈마녀 유카의 얼굴이 환해졌다.

"일단 오늘은 여기서 쉬고 내일 다시 이동하죠."

"네!"

강현수 일행이 휴식을 취했다.

물론 그 와중에도 강현수의 소환수들은 빠른 속도로 오크 무리를 소탕하고 있었다.

"만나서 반가워요. 전 송하나라고 해요."

송하나가 먼저 광혈마녀 유카에게 자기소개를 했다.

그간 송하나 역할을 한 도플갱어는 광혈마녀 유카와 제대로 말 한마디 나눈 적이 없었기에 딱히 이상할 건 없었다.

그런데.

"네, 반가워요. 전 사카자키 유카라고 해요."

유카가 감정이 일절 느껴지지 않는 무표정한 얼굴로 송하나와 인사를 나눴다.

그리고 그건 투황과의 대화에서도 마찬가지였다.

"유카 씨?"

강현수가 의아한 표정으로 광혈마녀 유카를 부르자.

"네, 부르셨어요?"

무표정하던 광혈마녀 유카의 얼굴에서 환한 미소가 피어났다.

'역시 뭔가 이상한데?'

강현수의 표정이 굳어졌다.

지금의 광혈마녀 유카는.

'딱 봐도 정상이 아니야.'

그간 함께했던 광혈마녀 유카는?

'누가 말을 걸든 항상 밝게 웃으며 대답했었는데?'

지금은?

'완전히 달라졌어.'

과거와 같은 모습을 보이는 대상은 오직 강현수뿐이었다.

"앞으로 계속 함께할 동료들인데 친하게 지내는 게 좋지 않을까요?"

강현수의 말에.

"아, 네! 그렇게 할게요!"

광혈마녀 유카가 웃으며 대답했다.

그러나.

크게 달라지는 건 없었다.

송하나와 투황에게 먼저 말을 거는 일 자체가 없었고.

송하나 또는 투황이 먼저 말을 걸면?

'웃으면서 대답하기는 하는데 엄청 기계적인 느낌이야.'

그나마 전처럼 무표정은 아니기에.

얼핏 봤을 때는 크게 어색해 보이지 않는다는 게 다행이라면 다행이었다.

사실 이는 당연한 일이었다.

광혈마녀 유카에게 다른 사람들은?

자신에게 상처만 주는.

차라리 제거해 버리는 게 더 이로운 해충 같은 존재들이다.

거기서 유일하게 벗어나 있는 대상은?

오직 강현수뿐이다.

그렇기에 강현수가 아닌 다른 사람과는?

친분을 쌓거나 대화를 나눌 필요성 자체를 느끼지 못했다.

그나마 강현수가 친하게 지내라고 했기에 웃는 시늉이라도 해 주는 것이지.

그게 아니었다면?

애초에 상대조차 하지 않았을 것이다.

사실 광혈마녀 유카의 입장에서는.

해충인 다른 인간들을 죽이지 않고 살려 두는 것 자체가 강현수에게 미움받지 않기 위한 노력의 일환이었다.

광혈마녀 유카는 바보가 아니었고.

다른 사람들을 무차별적으로 죽이면.

강현수가 자신을 싫어하거나 이상하게 볼 거라는 사실 정도는 자각하고 있었다.

'뭐, 이 정도면 양호하지.'

강현수는 광혈마녀 유카의 회귀 전 모습을 알고 있었다.

그렇기에.

이쯤에서 만족하기로 했다.

괜히 친하게 지내라고 더 압박을 주면?

'어디로 어떻게 튈지 모르니까.'

강현수 일행은 편하게 휴식을 취한 후.

다시금 발걸음을 옮겼다.

"쿠워억! 인간이다!"

한 무리의 오크들이 강현수 일행을 향해 덤벼들었다.

강현수, 송하나, 투황이 선두의 오크들을 쓸어버리자.

"골렘 소환!"

광혈마녀 유카가 골렘을 소환했다.

주르르륵!

바닥에 고여 있던 피가 하나로 뭉쳐 블러드 골렘을 만들어

냈고.

뼈가 본 골렘으로, 살이 플래시 골렘으로 변했다.

그리고.

꽈아앙! 콰직!

무서운 속도로 오크 무리를 쓸어버렸다.

그와 동시에 블러드 골렘, 본 골렘, 플래시 골렘의 숫자가 빠르게 늘어났다.

'불어나는 속도가 엄청나네.'

역시 회귀 전 인류 최강의 플레이어라고 불렸던 이다운 무력이었다.

'최대치가 1만 기를 넘었을 정도였지 아마?'

사실상 혼자서 사단 하나를 이끌고 있다고 해도 무방한 숫자였다.

'일인군단처럼 스텟이 영구적으로 손실되는 페널티가 있는 것도 아니고.'

유이한 단점 중 하나는 재료가 되는 몬스터나 플레이어의 수준에 따라 골렘의 랭크가 결정된다는 건데.

그것조차도.

"골렘 합성!"

촤르르륵!

늘어난 골렘들이 하나로 뭉쳐지며.

쿠오오오!

강화되었다.

'업그레이드로 극복이 가능하지.'

나머지 단점은 골렘을 유지하는 데 들어가는 마력이다.

그러나 그것도.

'마력이 아니라 골렘을 구성하고 있는 물질을 소모해서 유지가 가능하지.'

블러드 골렘의 경우.

마력 공급이 없더라도 블러드 골렘을 구성하고 있는 피가 조금씩 소모되는 식으로 유지가 가능했다.

'광혈마녀는 대규모 학살이 계속해서 벌어질수록 힘이 급격하게 커진다.'

회귀 전 수많은 인간을 죽이며 골렘들을 계속해서 강화시키면서 그 숫자를 늘려 나갔고.

수천만 명의 시체를 이용해 만들어진 1만 기가 넘는 골렘 사단을 운용했다.

'그렇지만 광혈마녀의 골렘 소환 스킬은 꼭 사람을 대상으로만 발동하는 게 아니야.'

오크를 대상으로도 얼마든지 골렘 소환 스킬을 사용할 수 있었다.

오히려 아무런 힘이 없는 일반인들보다.

'전투력이 뛰어난 오크를 재료로 사용하면 더 강한 골렘을 만들어 낼 수 있겠지.'

즉 오크 군단의 침공은.

강현수 일행에게 있어 좋은 경험치 공급원임과 동시에.

새롭게 합류한 광혈마녀의 힘을 빠르게 키울 수 있는 최고의 골렘 재료 공급처이기도 했다.

강현수 일행의 공식적인 목적은 프랭크 왕국을 탈출하는 것이었지만.

비공식적인 목적은.

오크 군단을 소탕하며 광렙을 하는 거였다.

공식적인 목적을 그렇게 정한 이유는 광혈마녀 유카 때문이었는데.

'그냥 사실대로 이야기했어도 크게 상관없었을 것 같네.'

광혈마녀 유카는 강현수와 함께 있기만 하면.

그곳이 오크들이 우글거리는 곳이든.

인간들이 우글거리는 곳이든.

아무런 상관이 없었다.

어차피 광혈마녀 유카에게 있어 오크는 몬스터였고 인간은 해충이었으니까.

'다른 녀석들도 부르고 싶어질 정도로 레벨이 잘 오르네.'

마음 같아서는 암왕 세실리아를 포함해 인의군왕 신창후, 검왕 장석원. 적염제 도르초프, 멸마창왕 진구평을 소환해 함께 광렙을 하고 싶었지만.

대제국의 황제와 거대 길드의 길드 마스터들이 장기간 자리를 비울 수는 없는 노릇이었기에 포기할 수밖에 없었다.

　'그 스킬을 사용하면 가능하기는 하지만.'

　랭크가 낮은 관계로.

　'쿨타임이 너무 길어.'

　업적을 얻을 수 있는 상황도 아닌데 사용하기에는.

　뭔가 아까웠다.

　'소환수의 질도 서서히 올라가고 있고.'

　오크들의 수가 워낙 많다 보니.

　상급 마족인 오크 대전사, 최상급 마족인 오크 족장도 심심찮게 나왔다.

　'대족장을 잡아야 하는데.'

　도플갱어 킹 탈리만이 연기한 오크 대족장은.

　'오크의 탈을 쓴 괴물이지.'

　실제로 오크 대족장의 무력은 마계 귀족에 준 할 정도로 뛰어났다.

　'실제로 오크 대족장이 준남작의 작위를 가진 경우도 있고.'

　회귀 전 오크 군단에는 열 마리의 오크 대족장이 포함되어 있었다.

　'최대한 빨리 그놈들을 찾아야 해.'

　오크 대족장들은 한 번에 등장하지 않았다.

가이아 시스템이 제약을 걸었는지.

'한 마리씩 등장했어.'

순차적으로 등장하는 놈들을 차근차근 각개격파 해야 했다.

그놈들이 살아남아 하나로 뭉치면?

'차라리 마계 귀족인 마롱 카라스를 잡는 게 더 쉽게 느껴질 정도로 난이도가 올라가 버릴 수도 있어.'

회귀 전 막대한 피해를 입었음에도 결국 오크 군단의 침공을 막아 낸 것 역시.

오크 대족장들을 각개격파 했기에 가능한 일이었다.

강현수는 비행형 소환수들을 사방으로 풀어 오크 대족장을 찾기 위해 노력했지만.

오크 대족장들은 쉽게 모습을 보이지 않았다.

'사클란트 제국이 대대적인 반격에 들어가기 전에 찾아야 하는데.'

강현수는 황금 군주 사에마알의 상단과 암왕 세실리아의 정보 조직 섀도 다크를 통해 지속적으로 외부의 정보를 전달받고 있었다.

'사클란트 제국의 황제가 오판을 하고 있어.'

오크 군단은 프랭크 왕국을 순식간에 점령해 버릴 정도로 강력한 힘을 선보였다.

그런데 그게.

'사클란트 제국의 자존심을 건드렸어.'

휘하 제후국들에 총동원령을 내린 사클란트 제국은 프랭크 왕국의 영토를 수복하기 위해 움직이고 있었다.

'방어가 최선인데.'

오크 군단의 침공은.

'최대한 적은 피해로 막는 게 관건이야.'

엄청난 숫자의 오크 군단을 성이 아니라 평지에서 상대하면?

'설사 승리하더라도 인류의 피해가 커질 수밖에 없어.'

특히 중저레벨 플레이어들의 피해가 기하급수적으로 커질 게 확실했다.

'오크 군단의 침공 목적은 독충 군단의 침공 목적과 동일해.'

훗날 고레벨 플레이어로 성장할 예정인 중저레벨 플레이어들의 수를 줄이는 것.

'벽을 뚫을 의지조차 없는 낙오자들의 숫자는 그리 많지 않아.'

대다수의 중저레벨 플레이어들은 강해지겠다는 열망을 가지고 있었고.

'10년만 지나도 지금의 고레벨 플레이어 수준 정도로는 성장할 수 있어.'

또 그들 중 일부는 노력과 재능을 모두 타고난 자들만이 도달할 수 있는 랭커 플레이어와 네임드 플레이어가 될 것이다.

'피해를 최대한 줄이려면 지금 부지런히 움직이는 수밖에 없어.'

그나마 다행이라면.

새롭게 파티에 합류한 광혈마녀 유카가 엄청난 활약을 보여 주고 있다는 점이었다.

쿠오오오!

쫘아아아앙!

광혈마녀 유카가 이끄는 골렘 군단의 수가 어느새 1백 기를 돌파했다.

골렘 합성 스킬을 사용하지 않았다면?

'아마 진작에 1천 기 넘게 늘어났겠지.'

이는 강현수가 준 버프의 도움 덕이 컸다.

주력 스텟인 마력이 40%나 증가하면서 마력 총량이 늘어나고 마력 회복 속도가 빨라져서.

'골렘이 무한 증식하고 있어.'

현재 광혈마녀 유카는 골렘 소환 스킬과 골렘 합성 스킬만 반복해서 사용하고 있었다.

골렘을 유지하는 데 필요한 마력은?

사방에 넘쳐 나는 피, 뼈, 살덩이로 대체하고 있었다.

두 가지 스킬만 시전하면?

반나절 이상 스킬 무한 사용이 가능했다.

그 후 바닥난 마력은?

'하룻밤 자고 일어나면 모두 회복되지.'

실로 사기적인 효율과 성능이었다.

'하긴 이 정도가 아니라면 홀로 국가와 전쟁을 치러서 두 번이나 승리하는 건 불가능했겠지.'

두 가지 스킬을 무한 시전하다 보니.

자연스럽게 스킬 숙련도 역시 빠르게 상승하고 있었다.

강현수와 광혈마녀 유카의 소환수들이 대활약을 펼치며 빠르게 오크 무리의 수를 줄여 가고 있을 때.

"이 괴물들은 뭐야?"

"언데드 몬스터 아니야?"

"몬스터는 아닌 거 같은데? 공격을 안 하잖아."

"어? 저기 사람도 있다."

한 무리의 플레이어들이 나타났다.

'생존자들인가?'

프랭크 왕국은 오크 군단에 의해 무너졌지만.

그렇다고 프랭크 왕국에서 활동하던 플레이어들이 모두 전멸한 건 아니었다.

유카가 속해 있던 하야토 파티처럼 소규모로 생존해 탈출을 시도 중인 이들이 있었고.

종종 이렇게 우연히 마주치는 경우가 있었다.

강현수는 생존자들을 일행에 합류시키지는 않았다.

보모 노릇을 할 생각도 없었고.

그럴 만한 여유도 없었기 때문이다.

하지만.

'운이 좋네.'

강현수 일행이 국경 지대부터 오크 무리를 쓸어버리며 전진한 덕분에.

생존자들은 비교적 손쉽게 오크 천국이 되어 버린 프랭크 왕국의 영토를 탈출할 수 있었다.

강현수가 전처럼 가볍게 무시하려 했는데.

'어?'

생존자들 중 익숙한 얼굴이 보였다.

'하야토?'

바로 광혈마녀 유카와 오랜 시간을 함께한 탱커 플레이어 하야토였다.

'죽었을 거라고 생각했는데.'

이벤트에 동원했던 인원 중 민간인들은 소환수를 통해 프랭크 왕국을 빠져나갈 수 있게 도움을 줬지만.

플레이어들은 딱히 크게 신경을 쓰지 않았다.

파티가 해체되고 뿔뿔이 흩어져서 당연히 죽었을 줄 알았는데.

'살아남았네.'

참 운도 좋았다.

거기다.

"유카! 살아 있었구나!"

강현수 일행과 함께 있는 광혈마녀 유카까지 발견했다.

"다행이다! 정말 다행이야!"

탱커 플레이어 하야토가 환하게 웃으며 광혈마녀 유카에게 달려갔다.

'참 얼굴도 두껍네.'

자기 혼자 살겠다고 광혈마녀 유카를 오크들 사이에 미끼로 던져 놓고 도망친 주제에.

"내가 얼마나 걱정했는지 알아?"

그 사실을 까맣게 잊은 듯이 행동했다.

'넉살도 좋네.'

정상적인 양심의 소유자였다면?

광혈마녀 유카의 얼굴을 보기가 낯뜨겁고 민망해서라도 모르는 척할 텐데.

얼굴에 철판을 깐 것도 모자라.

"이제라도 만나서 다행이다. 우리 앞으로는 절대 헤어지지 말자."

눈물까지 줄줄 흘리며 감동적인 분위기를 연출했다.

'누가 보면 강제로 헤어진 연인이나 어쩔 수 없이 잃어버린 가족이라도 찾은 줄 알겠네.'

대충 속셈은 이해가 갔다.

극도의 애정결핍증과 착한 아이 증후군을 앓고 있는 골렘
술사 유카라면?

'과거의 일을 모른 척하고 자신을 받아 줄 수도 있다고 생
각했겠지.'

하지만.

'눈앞에 있는 사람은 골렘술사 유카가 아니라 광혈마녀 유
카라고.'

그 둘의 차이는.

"나를 비롯한 파티원들을 오크 무리한테 미끼로 버리고 도
망친, 벌레만도 못한 인간쓰레기 주제에 무슨 염치로 친한
척을 하는 거야?"

극과 극으로 나뉠 만큼.

'큰 차이가 있지.'

광혈마녀 유카의 말을 들은 탱커 플레이어 하야토의 몸이
돌처럼 굳어 버렸다.

그 뒤를 이어.

"파티원들을 미끼로 버리고 도망쳤다고?"

"우리한테는 자기가 미끼가 돼서 파티원들을 구한 후 가까
스로 도망쳤다고 했잖아?"

"역시 거짓말이었네. 내가 그럴 줄 알았다니까."

"저런 놈을 왜 받아 준 거야?"

    새롭게 합류한 파티원들 사이에서 대번 안 좋은 소리가 튀어나왔다.

    "유, 유카, 그게 무슨 소리야? 오크 무리 때문에 어쩔 수 없이 헤어진 거잖아! 내가 언제 널 버렸다는 거야!"

    탱커 플레이어 하야토가 어떻게든 상황을 반전시키려고 개소리를 이어 갔지만.

    콰우우우!

    거대한 본 골렘이 탱커 플레이어 하야토를 향해 주먹을 휘두르자.

    콰직!

    단 한 방에 방패와 갑옷이 우그러지며.

    꽈앙!

    형편없는 몰골로 바닥을 나뒹굴 수밖에 없었다.

    "커억! 유, 유카, 도대체 왜?"

    탱커 플레이어 하야토가 고통스러운 비명을 토해 내며 의문 가득한 눈길로 광혈마녀 유카를 바라봤다.

    '뭐가 어떻게 된 거야?'

    탱커 플레이어 하야토는 지금 상황이 도저히 이해가 가지 않았다.

    '지금 사람을 공격한 거야? 그것도 나를? 유카가 절대 그럴 리가 없는데?'

    그가 알던 골렘술사 유카는.

몬스터는 몰라도 사람에게는 철저한 약자였다.

먼저 손해를 보거나 피해를 입어도.

다른 플레이어를 공격하기는커녕 싫은 소리조차 제대로 하지 못하는 호구.

그게 탱커 플레이어 하야토가 알고 있는 골렘술사 유카라는 사람이었다.

그런 유카가.

같은 플레이어를 공격했다.

그것도 오랜 시간 보살펴 줬던 자신을.

'혹시 저놈들 때문인가?'

골렘술사 유카의 가장 큰 단점은 사람들의 눈치를 너무 본다는 것.

'무조건 복수를 해야 한다고 꼬드겼을 수도 있어.'

그래서 자신을 공격한 것이리라.

"저 개자식이 뭐라고 꼬드겼는지는 모르겠……."

탱커 플레이어 하야토가 강현수를 손가락질하며 말을 내뱉는 도중.

콰득!

본 골렘이 커다란 발로 탱커 플레이어 하야토를 그대로 짓밟아 버렸다.

"아아악!"

이에 탱커 플레이어 하야토는 더 이상 말을 이을 수가 없었다.

"이 버러지가 감히 누구한테!"

광혈마녀 유카가 살기 가득한 표정으로 탱커 플레이어 하야토를 노려봤다.

"내 인내심이 바닥나서 네놈을 죽여 버리기 전에 입 다물고 내 눈앞에서 꺼져."

피부가 따끔거릴 정도의 살기를 뿜어내는 광혈마녀 유카의 모습에.

탱커 플레이어 하야토가 사시나무처럼 몸을 부들부들 떨었다.

지금 자신의 눈앞에 있는 사람은.

'내가 알던 유카가 아니야.'

항상 애정을 갈망하던 두 눈에는.

기이한 광기만이 가득했고.

자신을 인간이 아닌, 마치 하찮은 벌레처럼 바라보고 있었다.

'진짜야.'

경고를 어기고 함부로 입을 열거나, 당장 물러나지 않으면.

'나를 벌레처럼 밟아 죽일 거야.'

본 골렘의 발이 이동하자 만신창이가 된 탱커 플레이어 하야토가 재빨리 뒤로 물러나 새롭게 얻은 파티원들에게 합류했다.

"이제 가요."

광혈마녀 유카의 말에 강현수가 고개를 끄덕이며 다시금 발걸음을 옮겼다.

강현수 파티가 모습을 감추자.

"아씨, 엄청 강해 보였는데! 이놈 때문에 합류 요청도 못 했잖아!"

"그러게 배신자를 죽이지 않고 가는 걸 보니 심성도 엄청 좋아 보이는데 말이야."

"그러니까 내가 저놈 받아들이지 말자고 했잖아!"

"지금이라도 쫓아내자!"

"찬성!"

"파티원을 오크한테 미끼로 던져 주는 놈을 믿을 수는 없지."

파티원들이 혐오스러운 시선으로 탱커 플레이어 하야토를 성토했다.

"잠깐만! 그게 아니야! 내가 다 설명할게!"

탱커 플레이어 하야토가 새로운 파티원들을 설득하려고 했지만.

"죽이지 않는 걸 다행으로 알아!"

"혼자 잘해 보라고, 배신자!"

아무런 소용이 없었다.

0레벨
플레이어

결국 탱커 플레이어 하야토는.

갑옷과 방패가 망가지고 부상까지 당한 상태로 홀로 버려.
졌다.

"가, 같이 가!"

부상당한 몸을 이끌고 힘겹게 파티원들의 뒤를 쫓았지만.

"쿠우어억! 인간이다!"

그런 탱커 플레이어 하야토가 마주한 것은.

먼저 간 파티원들이 아닌.

한 무리의 오크들이었다.

파티원들과 함께였다면?

손쉽게 사냥해 버릴 수 있었겠지만.

"쿠욱! 인간을 죽여라!"

탱커 플레이어이자 부상자인 하야토가 혼자 감당하기에
는.

"아아아악!"

무리였다.

마기의 구슬

"저기, 죄송해요. 방금 전에는 제가 너무 화가 나서."

광혈마녀 유카가 강현수에게 조심스럽게 사과를 했다.

이유는 하나.

얼마 전 강현수가 광혈마녀 유카에게 사람을 함부로 해치지 말라고 부탁했기 때문이다.

회귀 전의 광혈마녀 유카가 벌인 대학살을 기억하는 강현수의 입장에서는.

너무나도 당연한 부탁이었다.

그러나 그 부탁을 들은 광혈마녀 유카는 화들짝 놀라며 자기는 그런 사람이 아니라고 펄쩍 뛰었다.

그런데.

'그 버러지 때문에.'

강현수 앞에서 사람을 두들겨 패는 모습을 보여 버렸다.

사실 강현수의 부탁만 아니었다면.

처음 만난 순간 숨통을 끊어 버렸을 것이다.

'폭력적인 사람이라고 생각하면 곤란한데.'

광혈마녀 유카가 초조한 표정으로 강현수를 바라봤다.

"충분히 그럴 수 있지. 사실 죽어도 싼 놈이잖아. 오히려 내 부탁을 들어줘서 고마워."

"아, 아니에요! 현수 씨 부탁이라면 뭐든지 다 들어드릴 수 있어요!"

강현수가 자신을 혼내지 않자 광혈마녀 유카의 얼굴이 환해졌다.

"사실 아틀란티스 차원에서 살아가면서 살인을 하지 않을 수는 없지."

"그건 그래요!"

"그래도 최대한 참아 줘. 꼭 죽여야만 하는 악인을 만날 수도 있지만, 그럴 때는 나한테 꼭 물어보고. 그래 줄 수 있지?"

"네! 그렇게 할게요!"

광혈마녀 유카의 힘찬 대답에.

강현수가 옅은 미소를 지었다.

'좀 과한 것 같기는 하지만.'

어쩔 수 없었다.

강현수는 그간 꾸준히 광혈마녀 유카와 대화를 나눴다.

유카가 먼저 말을 편하게 해 달라고 할 정도로 친분을 쌓아 가며 파악한 결과.

'유카는 나를 제외한 사람들을 모두 해충처럼 여기고 있어.'

괜히 고삐를 풀어 줬다가는.

해충 박멸을 하겠다며 대학살을 저지를지도 모르는 일이었다.

꼭 대학살이 아니더라도.

'사람이 곁에서 앵앵거리는 모기나 파리를 때려잡을 때 고민하거나 망설이지는 않으니까.'

광혈마녀 유카 입장에서는.

의도하지 않았지만.

무의식적으로.

아무런 거리낌 없이.

파리채를 휘두르듯.

사람을 죽이는 사고가 발생할지도 몰랐다.

그런 사고를 사전에 예방하기 위해서는?

'고삐를 최대한 꽉 조여 놓는 게 최선이지.'

＊＊＊

강현수 일행은 오크들을 사냥하며 광렙을 이어 나갔다.

'무슨 바퀴벌레도 아니고.'

죽여도 죽여도 오크는 계속해서 쏟아져 나왔다.

'그런데 오크 대군주는 도대체 어디 숨어 있는 거야?'

강현수 일행은 어느덧 프랭크 왕국의 중심부에 도달해 있었다.

'뭔가 찜찜한데.'

오크 군단 내에 존재하는 오크 대전사와 오크 족장의 비율이 급격히 줄어들고 있었다.

처음에는 오크 족장과 오크 대전사가 심심찮게 나왔는데.

'어느새 장교급인 오크 대전사와 족장은 가뭄에 콩 나듯 보이고. 사병급인 일반 오크 전사들만 우글거린단 말이지.'

이건 확실히 정상적인 상황이 아니었다.

최악의 경우.

'오크 대족장, 오크 족장, 오크 대전사가 하나로 뭉쳐서 한꺼번에 튀어나올지도 몰라.'

그럼 퇴각을 염두에 두어야 할 수도 있었다.

오크 대족장 여러 마리가 한꺼번에 튀어나오면?

'연대장급 소환수와 대대장급 소환수로는 감당이 안 될 수도 있어.'

강현수는 차분하게 오크들을 사냥하며 앞으로 나아갔다.

혹시 모를 매복을 대비해 비행형 소환수를 통한 정찰도 게을리하지 않았다.

그때.

'찾았다.'

비행형 소환수 중 한 마리가 드디어 일반 오크보다 월등히 큰 덩치를 자랑하는 오크 대족장을 찾아냈다.

'고작 한 마리.'

주변에 오크 족장과 오크 대전사 들이 꽤 모여 있기는 했지만.

'저 정도는 얼마든지 감당할 수 있지.'

오히려 강현수 일행에게는 좋은 영양분 덩어리에 불과했다.

오크 족장과 오크 대전사는.

경험치도 많이 들어오고.

고랭크 아이템도 많이 주고.

소환수와 골렘의 질을 올릴 수 있는 특별 영양식이나 마찬가지였으니까.

"오크 대족장을 발견했어."

강현수의 말에 일행의 얼굴이 환해졌다.

"정말? 당장 잡으러 가자!"

"꽤 깊숙이 숨어 있었지만 결국은 걸렸군!"

"어서 잡으러 가요!"

송하나, 투황, 유카의 얼굴이 환해졌다.

특히.

"오크 대족장이면 정말 좋은 재료가 되겠어요."

유카의 기분이 엄청 좋아 보였다.

'그동안 오크 전사들만 나와서 골렘 업그레이드가 더디기는 했지.'

골렘을 빠르게 강화시키기 위해서는?

강한 몬스터 만큼 좋은 재료가 없었다.

거기다.

'골렘 재료로 사용된다고 해서 소환수로 못 만드는 것도 아니니까.'

오크 대족장의 등장은 강현수와 유카 두 사람 모두에게 큰 호재였다.

"가자."

강현수의 말과 함께 일행은 빠른 속도로 오크 무리를 섬멸하며 앞으로 나아갔다.

그리고 잠시 후.

오크 대족장을 발견할 수 있었다.

혹시 오크 대족장이 몸을 피하면 어쩌나 했는데.

"쿠우욱! 네놈이 그간 우리들의 계획을 망친 인간이구나."

쿠웅! 쿠웅!

오크 대족장이 몸을 일으켜 오히려 강현수를 향해 다가왔다.

'덩치가 좀 크네.'

키가 6미터에 가까울 정도의 거구였다.

-포위해.

강현수의 지시에 소환수들이 포위망을 구성했다.

"꽤 오랜 시간 너를 만나기를 고대했는데, 드디어 만나게 되는구나."

오크 대족장의 말에 강현수의 표정이 굳어졌다.

"나를 만나고 싶었다고?"

"그렇다."

"그럼 진작 좀 나타나지 그랬어? 나도 널 찾아다녔는데."

"준비가 좀 필요해서 말이다."

"그럼 지금은 준비가 끝났나?"

"물론이다."

타악!

말을 마친 오크 대족장이 강현수를 향해 달려들었다.

콰콰콰콰콰!

강현수도 핏빛 오러에 휩싸인 검을 들고 오크 대족장을 향해 달려들었다.

꽈아아앙!

강력한 마력과 마기의 충돌과 함께.

"크윽!"

강현수가 뒤로 밀려 났다.

'뭐야?'

강현수의 얼굴이 당혹감으로 가득했다.

그간 꾸준히 스텟과 스킬 랭크를 상승시켰고.

거기다 마족에게 특효약인 신성 스텟과 여신의 눈물까지 가지고 있었다.

그런데.

'뱀피릭 오러와 여신의 눈물 효율이 너무 낮아.'

그건 그만큼 오크 대족장의 마기가 강력하고 밀도 있다는 소리였다.

"쿠오오오오!"

그때 오크 대족장이 힘찬 포효를 터트렸고.

[정신계 공격 스킬 오크 로드의 외침의 공격을 받았습니다.]

[오크 로드의 외침 스킬에 완벽하게 저항했습니다.]

'오크 로드?'

강현수의 표정이 굳어졌다.

그냥 오크 대족장치고는 좀 덩치가 있다고 생각했는데.

그게 아니라 오크 로드였다.

오크 로드는 모든 오크들의 우두머리로.

오크 대족장보다 상위종이었다.

'회귀 전에는 오크 로드가 등장한 적이 없었는데?'

일이 꼬였다.

상대가 오크 대족장이 아니라 오크 로드라면?

'무조건 마계 귀족급이야.'

운이 좋아야 남작급이고.

운이 나쁘면?

'자작급일 수도 있어.'

같은 하급 마계 귀족이라도.

남작급과 자작급의 차이는 꽤 크다.

―총공격.

강현수가 소환수들에게 총공격 명령을 내렸다.

쿵! 쿵! 쿵!

인간형 소환수들이 진형을 갖춰 오크 무리를 포위 공격했다.

그게 끝이 아니었다.

송하나가 하늘을 뒤덮을 듯한 칠흑빛 뇌전을 쏟아 냈고.

투황이 한 줄기 황금빛 포탄이 되어 오크 무리를 향해 돌진했다.

유카 역시 그간 만들어 낸 골렘 2백 기를 오크 무리를 향해 진군시켰다.

그러나.

꽈아아앙!

오크 로드가 이끄는 오크 무리는.

그 전에 만났던 오크들처럼 허무하게 무너지지 않았다.

"쿠워억!"

꽈앙! 꽈앙!

치열한 접전이 펼쳐졌다.

이는 오크 무리의 수준 자체가 높아졌기 때문이기도 하지만.

'오크 로드의 외침 때문이야.'

오크 로드의 외침은.

적에게는 디버프를 효과를 주지만.

아군에게는 버프 효과를 준다.

'역시 저놈을 최대한 빨리 쓰러트려야 해.'

그러나.

"쿠워어어억!"

양손 도끼를 휘두르며 미친 듯이 날뛰는 오크 로드의 무력은.

최정예로만 이루어진 연대장과 대대장 소환수들로도 감당하기 힘들 정도로 강력했다.

'객관적인 무력은 마룡 카라스나 도플갱어 킹 탈리만보다 강해.'

자작급이 확실했다.

하급 몬스터 취급을 받는 오크지만.

최종 성장형인 오크 로드의 전투력은.

'무시무시하네.'

그나마 송하나, 투황, 유카를 비롯한 소환수들이 다른 오크들을 잘 막아 줘서 다행이지.

그게 아니었다면?

오히려 강현수가 밀릴 판이었다.

하지만.

'쓰러트리기만 하면 마롱 카라스나 도플갱어 킹 탈리만을 능가하는 강력한 소환수가 만들어질 수 있어.'

어디 그뿐인가?

광혈마녀 유카의 솜씨라면, 오크 로드라는 훌륭한 재료를 활용해 엄청나게 강력한 골렘을 만들어 낼 수 있을 터였다.

그러나 상황이 좋지 않았다.

퍼엉!

권황의 주먹이 박살 났고.

콰직!

무존의 다리가 터져 나갔으며.

"커어어엉!"

반인반수로 변한 무란의 수호성이 힘없이 바닥을 나뒹굴었고.

서걱! 퍼걱!

뇌전 폭풍에 휩싸인 도왕의 사지가 순식간에 잘려 나갔다.

네 기의 연대장급 소환수가 형편없이 밀릴 정도로.

오크 로드의 전투력이 엄청나게 강했다.

"고작 이런 녀석들로 나를 이길 수 있을 거라고 생각했나?"

오크 로드가 기세등등한 눈빛으로 강현수를 노려보며 말했다.

"어떻게 차원 게이트를 넘어온 거지?"

강현수가 의문스러운 눈빛으로 물었다.

강한 힘을 가진 마족일수록 가이아 시스템의 방호를 뚫기가 어렵다.

그런데 어떻게 저런 강력한 힘을 가진 존재가 안전하게 아틀란티스로 넘어왔다는 말인가?

"그걸 내가 왜 알려 줘야 하지?"

"아까 나를 기다렸다고 했는데, 바로 찾아오지 않은 이유가 혹시 승급을 통해 힘을 키우기 위해서였나?"

강현수의 물음에.

"제법이구나."

오크 로드가 순순히 강현수의 추측을 인정했다.

"프랭크 왕국에서 살아가던 이들과 수하인 오크들을 희생시켜서 힘을 키웠구나."

그러나 의문점은 여전히 남아 있었다.

아무리 그래도.

"어떻게 너 혼자 그렇게 강해질 수 있지?"

오크 로드가 모든 전장에 있었던 것도 아닌데 말이다.

또 오크 로드만 마족이 아니다.

오크 전사, 오크 대전사, 오크 족장 모두 마족이었고.

당연히.

'승급이 가능해.'

그런데 어떻게 절망, 공포 같은 마이너스한 감정을 독점하고.

먼 거리에서 죽은 자의 피와 살을 흡수해 홀로 마기를 키울 수 있단 말인가?

"그걸 네놈에게 알려 줄 것 같으냐!"

오크 로드가 그 말과 함께 강현수를 공격했다.

"얼음 방패."

강현수가 얼음 왕의 목걸이 옵션을 발동시켜 오크 로드의 공격을 막아 냈다.

"응, 넌 알려 줄 거야. 그것도 아주 공손하게 말이지."

강현수의 말에 오크 로드의 눈썹이 꿈틀거렸다.

마족들은 바보가 아니다.

그렇기에 그간 자신들의 침공 계획을 사사건건 방해한 다크 나이트라는 조직에 대해서.

꽤 많은 정보를 파악한 상태였다.

그렇기에 침공 목적지를 바꿨고.

침공 목적 자체도 약간 변경했다.

"헛된 망상을 꿈꾸는구나! 죽여 주마!"

오크 로드가 강현수를 향해 달려들었다.

본래 오크 대족장이었던 자신이 오크 로드가 된 건?

다크 나이트의 수장 척마혈신을 유인해 제거하기 위함이었다.

주 세력권이 아닌 사클란트 제국에서 1만에 가까운 대규모 병력을 동원한 건 의외였지만.

그래 봤자.

수천만 마리의 오크들이 나눠 받아야 할 승급 경험치를 홀로 모조리 독점해 오크 로드로 성장한 자신을 막을 수는 없었다.

그때.

"사단 소환."

강현수의 한마디와 함께.

-쿠오오오!

마룡 카라스가 모습을 드러냈고.

암왕 세실리아, 인의군왕 신창후, 검왕 장석원. 적염제 도르초프, 멸마창왕 진구평이 소환되었다.

"카라스 남작?"

오크 로드는 마룡 카라스의 등장에 적잖이 당황했지만.

"진짜가 아닌 가짜로구나! 저런 장난감으로 나를 이길 수 있을 것 같으냐!"

금세 정신을 차리고 마룡 카라스를 향해 양손 도끼를 휘둘렀다.

휘익!

공중으로 몸을 피한 마룡 카라스가.

콰콰콰콰콰!

브레스를 뿜어냈다.

쫘아아앙!

오크 로드는 도끼를 방패 삼아 브레스를 막아 냈다.

그러나 크고 작은 상처를 입는 건 피할 수가 없었다.

"갈가리 찢어 죽여 주마!"

부상을 당한 오크 로드가 살기를 줄기줄기 뿜어내며 강현수에게 달려들었다.

'엄청 튼튼하네.'

마룡 카라스의 브레스에 타격을 입기는 했지만.

치명타는 아니었다.

"우리가 허수아비로 보이는 거냐!"

그때 적염제 도르초프를 선두로 인의군왕 신창후, 검왕 장석원, 멸마창왕 진구평, 암왕 세실리아가 오크 로드를 향해 달려들었다.

"미천한 인간들 따위가!"

분노한 오크 로드가 칠흑빛 마기를 줄기줄기 뿜어내며 적염제 도르초프를 공격했지만.

쫘아아앙!

애초에 제의 칭호를 가진 최상위 네임드 플레이어이자 강현수의 버프를 통해 더욱더 강해진 적염제 도르초프가 훌륭히 오크 로드의 공격을 막아 냈다.

"이번에는 공을 놓칠 수 없지!"

여기에 저번에 홀로 SS랭크를 받은 멸마창왕 진구평이 몸을 사리지 않고 달려들었고.

"네놈이 무시하는 인간의 힘을 보여 주마!"

"이번에는 내가 기여도 1위다!"

칭호는 왕이지만, 강현수의 버프와 그간의 노력을 통해 황, 제, 성, 존의 칭호를 지닌 네임드 플레이어 수준의 힘을 지니게 된 인의군왕 신창후와 검왕 장석원이 맹공을 펼쳤다.

상황이 이렇게 되자.

자신만만하던 오크 로드의 몸에 작은 상처들이 하나둘 늘어나기 시작했다.

이런 상황에서.

"우리도 합류할게."

"여기는 어느 정도 정리가 끝났다고!"

송하나와 투황이 합류해 적극적으로 공격을 퍼부었다.

여기에.

"야수화."

이중으로 야수화 스킬을 사용한 강현수가.

뱀피릭 오러, 여신의 눈물, 탐식의 검, 얼음 왕의 목걸이,

수호의 반지 등등.

그간 얻은 스킬과 아이템 들을 총동원한 데다 신성 스텟과 독성 스텟까지 듬뿍 담아 맹공을 퍼부었고.

황제의 자리에 오른 후 성장이 조금 더뎌지기는 했지만, 그래도 꾸준히 암살자로서 성장해 온 암왕 세실리아 역시.

은신 스킬과 공격 스킬을 번갈아 사용하며 오크 로드를 압박했다.

오크 로드의 몸에 작은 상처만이 아니라 제법 큰 상처들이 하나둘 늘어났다.

점점 전황이 불리하게 돌아가자.

"쿠아아악! 나를 도와라!"

오크 로드가 수하들을 불러들였다.

강현수의 소환수들과 광혈마녀 유카의 골렘들이 막아섰지만.

오크 족장과 오크 대전사 들은 소환수들의 포위를 뚫고 우르르 몰려들었다.

"블리자드."

강현수가 얼음 왕의 목걸이에 내장된 광역 공격 스킬을 사용했다.

휘이이이잉!

차가운 냉기가 오크 족장과 오크 대전사 들의 몸을 얼려 버렸고.

"얼음성."

광역 방어 스킬인 얼음성을 사용해 내부와 외부를 완벽하게 차단했다.

그럼에도 불구하고.

"쿠오오오! 로드시여!"

백여 마리가량의 오크 족장과 오크 대전사가 합류하는 걸 막을 수는 없었다.

"저놈들을 막아라!"

지시를 내린 오크 로드가 강현수만을 집중적으로 노렸다.

이에 강현수 역시.

"막아."

꽈아아앙!

반인반룡의 형태를 한 용왕을 비롯해 방어력이 뛰어난 소환수들 위주로 오크 로드의 공격을 막아 냈다.

일진일퇴의 공방이 거듭되는 가운데.

오크 로드의 부하인 오크 족장과 오크 대전사 들이 빠르게 죽어 나가기 시작했다.

"쿠워어억! 죽인다!"

이대로 시간을 끌면 자신이 패배할 것을 확신한 오크 로드가.

"나를 지켜라!"

등 뒤의 수비를 휘하 오크들에게 맡긴 후.

콰콰콰콰콰!

마기를 미친 듯이 끌어올려 양손 도끼에 집중시킨 후.

꽈아앙! 꽈아앙!

용왕을 비롯한 소환수들을 순식간에 분쇄하며 강현수를 향해 다가갔다.

"주군을 지켜라!"

이에 적염제 도르초프를 선두로.

"비켜, 이 오크 놈들아!"

"현수야!"

인의군왕 신창후, 검왕 장석원, 송하나, 투황, 멸마창왕 진구평, 암왕 세실리아 역시 가만히 있지 않고 강현수를 지키기 위해 나섰다.

"목숨을 바쳐서라도!"

"로드를 지켜라!"

"승리는 우리의 것이다!"

오크들이 자신의 목숨을 갈아 가며 오크 로드의 후방을 막아 냈다.

그러던 중.

ㅡ지금이다.

강현수가 지금까지 전투에 참가하지 않았던 연대장급 소환수, 도플갱어 킹 탈리만에게 명령을 내렸고.

오크 족장으로 위장해 지금까지 오크 로드를 위해 싸웠던 도플갱어 킹 탈리만이.

휘익!

몸을 돌려.

콰콰콰콰콰!

마력이 듬뿍 담긴 도끼를 오크 로드의 등짝에 꽂아 넣었다.

콰직!

"커억!"

오크 로드의 몸이 힘없이 비틀거렸다.

비록 다운그레이드가 되기는 했지만, 도플갱어 킹 탈리만은 마계 귀족을 베이스로 만들어진 소환수.

이곳에 있는 이들 중 오크 로드, 마룡 카라스, 강현수를 제외하면 네 번째로 강한 힘을 가진 존재였다.

"등 뒤를 조심했어야지."

콰콰콰콰콰!

강현수가 마력을 총동원해 검을 휘둘렀다.

꽈앙! 꽈앙! 꽈앙!

오크 로드가 사력을 다해 방어했지만.

앞뒤로 포위당한 상황에서 제대로 된 힘을 낼 수가 없었다.

결국.

콰직!

강현수의 검이 오크 로드의 심장에 틀어박혔다.

"유카!"

강현수가 광혈마녀 유카를 불렀고.

"네, 골렘 소환!"

광혈마녀 유카는 오크 로드의 몸이 마력으로 분쇄되기 전에.

우득! 우득!

오크 로드의 사체를 이용해 골렘 제조에 들어갔다.

'경험치는 포기해야겠네.'

오크 로드의 사체가 잔존 마력으로 변해 흩어지지 않으니 경험치를 얻을 수는 없다.

하지만.

'그 정도는 감수할 수 있지.'

경험치야 다른 오크 무리를 소탕해도 얻을 수 있었다.

거기다.

'경험치는 안 들어와도 업적은 들어오지.'

[오크 로드를 홀로 쓰러트리는 있을 수 없는 업적을 이루셨습니다.]

[칭호 오크 로드 슬레이어 EX랭크가 주어집니다.]

[칭호 오크 학살자 EX랭크가 주어집니다.]

[마계 자작을 홀로 쓰러트리는 믿을 수 없는 업적을 이루셨습니다.]

[칭호 마계 귀족 살해자 S랭크가 SS랭크로 성장했습니다.]

[마왕군의 침공을 홀로 저지하는 훌륭한 업적을 이루셨습니다.]
[칭호 아틀란티스 차원의 수호성 SS랭크가 SSS랭크로 성장했습니다.]

새로운 업적과 기존 업적의 업그레이드가 이루어졌다.
그리고.
"사단 구성."
강현수의 한마디에.
사아아아악!
마력으로 이루어진.
"쿠오오오오!"
오크 로드가 부활했다.
강현수는 도왕을 연대장에서 대대장으로 강등시키고.
"지휘관 임명."
소환수가 된 오크 로드를 연대장에 임명한 후.
"지휘관의 축복."
지휘관의 축복까지 부여했다.
그리고.
"어떤 방법으로 너 혼자 강해진 거냐?"
가장 궁금한 점을 물었다.

"그건 마기의 구슬 덕분입니다. 그게 뭐냐면······."

강현수가 장담했던 대로 오크 로드는 아주 공손한 태도로 자신이 어떻게 홀로 그런 힘을 가지게 되었는지 상세히 고했다.

요점은 마기의 구슬이라는 보물을 지니고 있으면 근방에서 생성된 마이너스한 감정과 죽은 자의 피와 살을 원거리에서 흡수해 그 주인에게 몰아줄 수 있다는 말이었다.

"마기의 구슬은 지금 어디 있지?"

"새롭게 차원 게이트를 넘어온 오크 대족장이 가지고 있을 것입니다."

"그놈의 위치는?"

"그건 저도 모릅니다. 하지만 예상되는 장소는 있습니다."

"나를 그곳으로 안내해 줄 수 있겠지?"

"물론입니다, 주군."

"아, 그런데 너, 이름이 뭐냐?"

그냥 오크 로드라고 불러도 되기는 하지만.

다른 오크 로드 소환수가 생기면 일이 꼬일 수도 있다.

뭐, 오크 로드에게 이름이 없다면?

그냥 1호, 2호 이런 식으로 부를 의향도 있었는데.

다행스럽게도.

"카쉬쿠라고 하옵니다."

이름이 있었다.

"그래, 알았다."

강현수가 송하나를 비롯한 지휘관들에게 시선을 돌렸다.

"정말 짭짤하네."

"하하하, 이번에는 SSS랭크 업적이다!"

다들 잔뜩 신이 나 있었다.

"다들 오래 자리 비우기는 힘들지?"

강현수의 물음에 대부분이 고개를 끄덕였다.

"전 휘하 지휘관들에게 일을 일임해서 일주일 정도는 괜찮을 것 같습니다."

그때 멸마창왕 진구평이 일주일을 외쳤고.

"저도 일주일 정도는 괜찮습니다."

"저도 그렇습니다."

인의군왕 신창후와 검왕 장석원도 일주일을 외쳤다.

그러나.

"전 사흘 정도가 한계입니다."

로크토 제국의 황제인 암왕 세실리아는 3일.

"저도 나흘 안에 돌아가야 합니다."

지구 플레이어 연합의 수장인 적염제 도르초프는 4일밖에 시간이 없었다.

"촉박하네."

강현수는 일인사단 직업을 손에 넣으며 소환수 교환이라는 스킬을 습득했다.

소환수끼리 위치를 교체할 수 있는 공간 이동 계열 스킬로.

'쿨타임이 무려 25일이라는 말이지.'

그나마 이것도 F랭크에서 E랭크로 성장해 쿨타임이 줄어서 이 정도지.

'F랭크였을 때는 무려 30일이었지.'

랭크가 더 오르면?

활용도가 상당히 높은 스킬이었다.

단순히 원거리 이동뿐만 아니라.

'전투 중에 포지션을 바꿀 수 있으니까.'

거기다 불행 중 다행으로.

'F랭크였을 때는 스택이 세 개였고 지금은 여섯 개라는 거지.'

저 다섯을 돌려보내기에는 문제가 없었다.

단 저 다섯을 대신해 이곳으로 올 소환수들을 다시 보내는 게 일이긴 했지만.

'그나마 넉넉하게 다섯 정도는 붙여 놨으니까 괜찮겠지.'

애초에 스택이 남았음에도 아껴 뒀던 이유가.

'바로 지금처럼 업적을 획득할 기회가 있을 때 써먹기 위해서니까.'

일반 오크를 사냥하는 데 쿨타임이 긴 아까운 스택을 낭비하는 것보다는.

지금처럼 확실하게 업적을 얻을 수 있을 때 부르는 게.

'나한테도 이득이고.'

지휘관들에게도 이득이었다.

"이분들이 강현수 씨의 휘하 지휘관들이신가요?"

오크 로드의 사체를 이용해 골렘 제작에 성공한 광혈마녀 유카가 경계심 가득한 눈빛으로 적염제 도르초프를 바라보고 있었다.

"맞아. 왜? 뭐 이상한 점이라도 있어?"

강현수가 의아한 표정으로 물었다.

송하나와 투황은 길거리 돌멩이 보듯 하더니, 왜 적염제 도르초프는 저렇게 경계한다는 말인가?

"상당히 강하네요."

"제의 칭호를 가진 네임드 플레이어니까. 거기다 내 버프 덕분에 더 강해지기도 했고."

회귀 전에는 죽을 때까지 신의 칭호를 손에 넣지 못한 적염제 도르초프지만.

이번에는 가능할지도 모른다는 생각이 들 정도로 실력이 급 상승하고 있었다.

"소환수들도 엄청 강력하고요."

광혈마녀 유카가 오크 로드 카쉬쿠, 마룡 카라스, 도플갱어 킹 탈리만을 살기 어린 시선으로 노려봤다.

'혹시 전에 벌였던 이벤트의 진위를 의심하는 건가?'

사실 광혈마녀 유카의 입장에서는 그럴 수도 있었다.

저렇게 강한 휘하 지휘관과 강한 소환수가 있었는데, 도플갱어 킹 탈리만이 위장한 오크 대족장의 공격을 받았을 때는 왜 동원하지 않았느냐고 말이다.

'그런 거면 조금 곤란한데.'

오크 로드 카쉬쿠를 상대하기 위해 마룡 카라스를 동원하고 적염제 도르초프를 비롯한 지휘관들을 소환할 때 살짝 걱정하기는 했지만.

'스킬 쿨타임 핑계를 대면 조용히 넘어갈 수 있을 줄 알았는데.'

광혈술사 유카의 눈에 피어오른 광기와 살기가 예사롭지 않았다.

강현수가 일단 스킬 쿨타임에 대해 설명하려 할 때.

"저보다 훨씬 강하네요. 아마 저보다 현수 씨한테 더 큰 도움이 되겠죠? 그게 너무 분해요."

광혈마녀 유카가 뜬금없는 소리를 했다.

"어?"

"저, 앞으로 훨씬 강해질 거예요. 저 사람이랑 저 녀석들보다 더. 그래서 현수 씨 휘하에 있는 지휘관과 소환수 중 최고가 될 거예요."

광혈마녀 유카가 질투 어린 눈빛으로 적염제 도르초프, 오크 로드 카쉬쿠, 마룡 카라스, 도플갱어 킹 탈리만을 노려봤다.

'이게 뭔 상황이야?'

혹시 광혈마녀 유카가 전의 이벤트를 의심할까 싶어서 적당한 핑곗거리까지 만들어 놨는데.

정작 광혈마녀 유카는 의심은커녕 그 전의 이벤트에 대해 이미 까맣게 잊어버린 후였다.

현재 광혈마녀 유카에게 가장 중요한 것은?

유일하게 자신에게 관심과 사랑을 주는 대상인 강현수의 호의를 사는 거였다.

미움받는 건 죽기보다 싫었고.

기왕이면 지휘관이나 소환수 들 중에서 가장 사랑받는 존재가 되고 싶었다.

'더 강해질 거야.'

강현수의 관심과 사랑을 받기 위해서는?

'현수 씨한테 더 큰 도움을 줘야 해.'

그러기 위해서는 강해져야 했다.

광기에 잠식당해 비정상적인 정신 상태를 갖게 된 광혈마녀 유카였지만.

사실 광기에 잠식당하기 전 골렘술사 유카였던 시절에도 정상적인 정신 상태를 가지고 있었다고 보기는 어려웠다.

비정상적인 환경에서 성장하며.

'사랑받기 위해서는 도움을 줄 수 있는 존재가 되어야 해.'

비정상적인 가치관이 생겼고.

'저 녀석들보다 도움이 안 되면 버림받을지도 몰라. 아니야, 현수 씨가 나를 버릴 리는 없어. 그렇지만 나에게 오는 관심과 사랑이 줄어들 거야.'

그 비정상적인 가치관은 광기에 잠식당하며 더욱더 비틀린 상태였다.

지금까지 자신에게 관심과 사랑을 줬던 이들은?

모두 자신이 가진 힘을 필요로 했다.

그 힘이 쓸모없어지면?

버렸다.

그렇기에 당연히.

'강해져야 해. 그래야 현수 씨한테 가장 사랑받는 지휘관이자 소환수가 될 수 있어.'

자신의 가치가 떨어지면?

강현수에게 버림받을 수도 있다는 공포를 마음속 깊이 간직하고 있었다.

"그래, 앞으로 노력해 봐."

"네!"

광혈마녀 유카가 환하게 웃으며 대답했다.

강현수의 입장에서는.

소환수에게까지 질투를 하는 광혈마녀 유카의 모습이 황당하게 느껴질 뿐이었다.

하지만.

'나쁠 건 없지.'

광혈마녀 유카는 강현수의 지휘관, 그녀가 더 강해지겠다며 열의를 불태우는 건?

얼마든지 대환영이었다.

트롤링

"곧바로 안내해."

"예, 주군."

강현수의 지시를 받은 오크 로드 카쉬쿠의 안내에 따라 이동을 시작했다.

이동하는 와중에 오크 무리가 끊임없이 모습을 드러내 앞길을 막았지만.

"몬스터가 정말 끝도 없이 나오는군. 마음 같아서는 계속 머무르고 싶을 정도야."

"저도 같은 생각입니다."

"이건 완전 광렙 사냥터잖아!"

"광렙! 광렙!"

적염제 도르초프, 인의군왕 신창후, 검왕 장석원, 멸마창왕 진구평, 송하나, 투황, 암왕 세실리아에 의해.

순식간에 쓸려 나갔다.

"쓸어버려!"

쿠오오오오오!

여기에 오크 로드 카쉬쿠의 사체를 기반으로 강력한 누더기 골렘을 만드는 데 성공한 광혈마녀 유카 역시.

누더기 골렘을 선두로 대규모 골렘 부대를 운용해 맹활약을 펼쳤다.

여기에 오크 로드 카쉬쿠, 마룡 카라스, 도플갱어 킹 탈리만을 필두로 한 강현수의 소환수들도 화려하게 날뛰고 있으니.

오크들은 모습을 드러내는 족족 죽어 나갈 수밖에 없었다.

그럼에도 불구하고.

목적지에 가까워지면 가까워질수록 점점 더 많은 숫자의 오크 무리가 바퀴벌레처럼 기어 나와 강현수 일행을 공격했다.

강현수의 입장에서는?

'좋네.'

그것도 엄청 좋았다.

경험치와 아이템 덩어리들이 몰려드는 상황이니 당연한 일이었다.

그러나 아쉽게도.

"없네?"

오크 로드 카쉬쿠의 안내에 따라 도착한 곳에 오크 대족장은 없었다.

"죄송합니다, 주군."

오크 로드 카쉬쿠가 고개를 땅에 박으며 사죄했다.

"아니야, 괜찮아."

아쉽지 않다면 거짓말이겠지만.

'찾으면 그만이지.'

거기다 오크 대족장이 오크 로드로 성장한다고 해도.

'그렇게 위협적인 상황은 아니야.'

오히려 강현수 입장에서는?

강력한 소환수를 얻을 수 있는 절호의 기회가 될 수도 있었다.

'그렇지만 계속 방치할 수는 없지.'

오크 로드가 한 마리에서 두 마리 정도라면 큰 부담이 없지만.

'세 마리 이상이 되면 골치가 아파져.'

하지만.

'이미 프랭크 왕국은 멸망했어.'

생존자들 역시 지금쯤 모두 프랭크 왕국을 탈출했을 것이다.

'마기의 구슬이라도 아무런 베이스 없이 마기를 강화시킬 수는 없어.'

현재 전투는 소강상태다.

유일한 전투는 강현수 일행이 오크들을 때려잡는 것인데.

'오크들이 죽어 가며 뿜어내는 마이너스한 감정과 피와 살을 통해 강해질 수밖에 없다면?'

성장의 한계가 뚜렷했다.

또 오크들의 머릿수가 많다고는 하지만.

'무한은 아니지.'

결국은 그 숫자가 줄어들 수밖에 없다.

그리고 그건?

'제 살 깎아 먹기에 불과하지.'

강현수의 입장에서는 나쁠 게 전혀 없었다.

오크 대족장이 오크 로드로 성장한다고 해도?

'오히려 더 쓸 만한 소환수만 늘어나는 꼴이지.'

그때.

─주군, 사클란트 제국군이 프랭크 왕국에 진입해 오크 군단과의 전투를 시작했습니다.

골드로드상단주 사에마알의 보고가 들려왔고.

'이런 망할.'

강현수의 얼굴이 일그러졌다.

이대로만 가면 오크들의 전력만 깎아먹으며 아군이 강해

질 수 있었는데.

사클란트 제국이 제대로 트롤링을 해 버렸다.

'방법은 하나.'

최대한 빨리 오크 대군주를 찾아내 제거해야 했다.

"가자."

강현수가 휘하 지휘관들과 소환수들을 이끌고.

대대적인 수색 작전을 시작했다.

⁂

"오크 무리를 모조리 쓸어버려라!"

"와아아아아!"

사클란트 제국군의 총사령관을 맡은 철혈제 브라굴 대공의 외침에 플레이어들이 힘찬 함성을 터트리며 오크 무리를 학살했다.

사클란트 제국과 제후국에서 소집한 정예병.

거대 길드와 중소 길드 소속 플레이어들까지.

사클란트 제국군의 총병력은 무려 50만에 달했다.

어중이떠중이만 뽑은 것도 아니다.

500레벨 이상이 넘어가는 쓸 만한 전력만 뽑아 왔다.

거기다 후방에서도 계속해서 플레이어들을 소집해 전선에 투입하고 있었다.

"별것 아니군."

사클란트 제국군의 총사령관을 맡은 철혈제 브라굴 대공이 무심한 어조로 중얼거렸다.

"고작 저런 조무래기들에게 프랭크 왕국이 무너졌단 말인가?"

"그러게 말입니다."

"프랭크 왕국의 전력이 형편없었던 모양입니다."

철혈제 브라굴 대공 근처에 있던 기사들이 비웃음을 터트렸다.

"쾌속 진군한다. 우리의 목적은 최단 시간 안에 오크 무리를 섬멸하고 프랭크 왕국의 영토를 회복하는 거다."

철혈제 브라굴 대공의 말에.

"오크 무리의 수는 상상을 초월할 정도로 많습니다. 쾌속 진군을 하면 플레이어들의 피로도가 올라가고, 그러면 자연스럽게 아군의 피해가 커질 겁니다. 거기다 오크 대전사와 오크 족장은 네임드 플레이어 수준의 강함을 가지고 있으니 결코 방심해서는 안 됩니다."

"오크 족장? 저놈을 말하는 건가?"

"쿠워어어억!"

3미터 덩치의 오크 족장이 사방에서 몰려드는 플레이어들을 상대로 무쌍의 무위를 선보이고 있었다.

"누가 처리하겠나?"

"제가 하겠습니다."

기사 중 하나가 앞으로 나섰다.

"좋네, 이번 일은 경에게 맡기지."

"감사합니다."

타악!

철혈제 브라굴 대공의 허락을 받은 기사가 전력으로 달려
나가.

꽈아앙! 꽈아앙! 꽈아앙!

단 세 번의 격돌로.

좌아아악!

오크 족장의 몸을 정수리부터 사타구니까지 베어 내 둘로
쪼개 버렸다.

"방심해서는 안 된다고?"

철혈제 브라굴 대공이 이의를 제기한 기사를 향해 눈을 부
라렸다.

"예, 그렇게 생각합니다."

"경은 상인 가문 출신이라 그런지 참 겁이 많군. 저따위
오크들이 뭐가 무섭다는 말인가?"

"오크들이 무섭다는 게 아니라, 아군의 피해를 최대한 줄
여야 한다는 말씀을 드린 겁니다."

"어차피 최전방에서 희생되는 건 길드 소속 타 차원 플레
이어들이네. 손실이 있다고 해도 사클란트 제국군의 숫자는

줄어들지 않아."

"그들 역시 사클란트 제국군입니다."

"허구한 날 문제만 일으키고 통제도 안 되는 놈들이 사클란트 제국군은 무슨."

"하지만……."

"경은 더 이상 입을 열지 말게."

철혈제 브라굴 대공의 말에 반대 의견을 냈던 기사가 얼굴을 찌푸렸다.

"우리는 프랭크 왕국의 영토를 최단 시간 안에 수복하고 생존한 백성들을 구출하라는 황명을 받았네. 황명을 받은 군대가 희생을 두려워해서야 되겠나? 진군! 진군하라!"

황명을 언급한 철혈제 브라굴 대공이 군대의 진군을 명령했다.

사실 반대했던 기사의 말이 옳다는 걸 철혈제 브라굴 대공도 알고 있었다.

하지만.

'플레이어들의 희생보다는 사클란트 제국 황실의 위엄을 세우는 게 먼저다.'

거기다 겸사겸사.

'점점 목이 뻣뻣해지는 타 차원 출신 플레이어들의 숫자도 좀 줄이고 말이지.'

철혈제 브라굴 대공의 지휘하에 사클란트 제국군은 빠른

속도로 오크들에게 점령당한 프랭크 왕국의 영토를 회복해 나갔다.

✦

강현수 일행은 먹고 자는 시간까지 줄이며 오크들을 사냥했다.

그 덕분에.

강현수의 휘하 지휘관들은 빠르게 광렙을 할 수 있었다.

이미 암왕 세실리아와 적염제 도르초프는 돌아간 후였고.

"하하하, 레벨이 이렇게 빨리 오른 적은 처음입니다, 주군."

"저도 그렇습니다. 돌아가기가 너무 아쉽습니다."

"하지만 이제는 가야지."

멸마창왕 진구평, 검왕 장석원, 인의군왕 신창후도 돌아가야 할 시간이 되었다.

"가 봐."

강현수의 말에.

"예, 주군. 다음에 이런 일이 또 생긴다면 얼마든지 불러 주십시오!"

"저도 꼭 부탁드립니다."

"이만 가 보겠습니다, 주군."

인사가 끝나자 강현수가 소환수 교환 스킬을 사용해 세 사람을 원래 있어야 할 자리로 돌려보냈다.

"이제 우리 둘만 남았네요."

광혈마녀 유카가 환한 미소를 지으며 말했고.

"넷이거든!"

송하나가 신경질적인 목소리로 광혈마녀 유카의 말을 정정했다.

"아, 그러네요."

그러나 광혈마녀 유카는 그다지 신경 쓰지 않는 눈치였다.

'저게 나를 아주 없는 사람 취급하고 있어.'

송하나가 도끼눈을 뜨고 광혈마녀 유카를 노려봤다.

처음에는 안쓰럽게 생각해 잘해 줬는데, 아주 사람을 투명인간 취급했다.

그냥 원래 그런 사람인가 보다라고 생각했는데.

'그게 아니었어.'

적염제 도르초프를 시작으로, 검왕 장석원과 인의군왕 신창후 역시 대놓고 경계를 했다.

이유는 단 하나.

'강하니까.'

송하나의 실력이 빠르게 성장하기는 했지만.

이미 왕의 칭호를 뛰어넘는 실력을 지닌 검왕 장석원과 인의군왕 신창후에는 미치지 못했다.

'내가 약해서 무시한 거라 그거지.'

엄청나게 기분이 나빴다.

거기다 자기가 강현수에게 가장 큰 도움이 되는 존재가 되겠다는 포부 역시.

'거슬려.'

애초에 송하나 역시 강현수에 대한 의존도가 강했다.

그 정도가 다를 뿐, 살황 송하나 역시 광혈마녀 유카처럼 강현수의 관심과 사랑을 독차지하고 싶은 욕구를 가지고 있었다.

'본때를 보여 주겠어.'

송하나의 투지가 활활 불타올랐다.

그런 두 사람의 모습을 본 강현수는.

'뭐, 나쁜 일은 아니지.'

강해지겠다는 열망을 더 강하게 갖는 건, 오히려 좋은 거였다.

반면 투황은.

'도대체 왜 저러는 거야?'

살황 송하나가 광혈마녀 유카에게 투지를 불태우는 이유를 전혀 이해할 수 없었다.

강현수 일행은 멸마창왕 진구평, 검왕 장석원, 인의군왕 신창후가 돌아간 후에도 계속해서 오크들의 숫자를 줄여 나가며 오크 대족장이나 오크 로드를 찾았지만.

'이 자식들은 도대체 어디에 숨어 있는 거야?'

하늘로 솟았는지 땅으로 꺼졌는지 도무지 그 행방을 찾을 수가 없었다.

✳

철혈제 브라굴 대공이 지휘하는 사클란트 제국군은 무서운 속도로 프랭크 왕국의 영토를 회복해 나갔다.

그러나 빠른 속도전에 병력 피해가 늘어났다.

8만에 가까운 플레이어들이 죽어 나간 것이다.

그러나.

'이 정도는 손실이라고 볼 수도 없지.'

철혈제 브라굴 대공은 일절 신경 쓰지 않았다.

주력이라고 할 수 있는 사클란트 제국과 제후국에서 징집한 병력의 피해는 고작 수천에 불과했기 때문이다.

'멍청한 놈들.'

길드 소속 타 차원 출신 플레이어들 역시 아군 플레이어들의 죽음에 그다지 큰 신경을 쓰지 않았다.

죽어 나간 플레이어들의 대부분이 중소 길드 소속이었기 때문이다.

거대 길드 소속 플레이어들의 피해는 고작 수백에 불과할 정도로 미미했고.

같은 중소 길드 소속 플레이어들 역시, 자신의 길드가 아닌 타 길드의 소속 플레이어가 죽는 것에 무감각했다.

오히려.

'저놈이 죽어서 전리품을 더 많이 챙길 수 있겠어.'

죽은 아군이 모아 놓은 전리품이나.

'제법 좋은 스킬북을 떨어트렸네.'

아군이 죽으며 잔존 마력이 뭉쳐 생겨난 스킬북에 눈독을 들였다.

'이런 전투는 언제든지 환영이지.'

'레벨도 꽤 많이 올리고 주머니도 두둑이 채울 수 있겠어.'

사실 길드 소속 타 차원 플레이어들은 적잖은 불만이 쌓인 상태였다.

강제징집이었고, 약속된 보상도 없었기 때문이다.

그러나.

오크들이 생각보다 약했고, 숫자는 많아 경험치도 잘 오르고 전리품도 넉넉하게 얻었다.

거기다 죽어 나가는 플레이어들의 몫까지 챙기자, 제법 주머니가 두둑해졌다.

모두가 만족하는 전투였다.

사클란트 제국과 제후국에서 징집한 병력은 별다른 피해가 없어서 좋았고.

길드 소속 타 차원 플레이어들은 경험치도 잘 오르고 전리품도 넉넉히 얻으니 좋았다.

　그러나.

　"쿠워어어억!"

　강대한 마력이 실린 포효와 함께 등장한 10만 마리가량의 오크들로 인해.

　그간 느꼈던 만족감이, 산산조각 나 버렸다.

　"커억!"

　"으으윽!"

　최전방에 위치했던 플레이어들은 마력이 실린 포효에 담긴 정신계 공격에 적잖은 타격을 입어 제정신을 차리지 못했고.

　"쿠와아아악! 모조리 죽여라!"

　"로드를 위해 싸워라!"

　몸 상태가 온전치 못한 플레이어들에게 들이닥친 10만 마리가량의 오크들이 무차별적인 학살을 자행했다.

　"후퇴! 후퇴해!"

　일부 고레벨 플레이어들이 정신을 차리고 항거했지만.

　콰직!

　오크 대전사와 오크 족장이 투척한 손도끼에 순식간에 머리가 터져 나갔고.

　최전방에 위치했던 길드 소속 타 차원 출신 플레이어들의 숫자가 빠른 속도로 줄어들기 시작했다.

"이 망할 오크 놈들이!"

길드원들이 죽어 나가기 시작하자, 거대 길드나 중소 길드 소속 랭커 플레이어와 네임드 플레이어 들이 분노해 앞으로 나섰다.

그러나.

꽈아앙! 꽈아앙!

"큭! 이놈들 왜 이렇게 강해?"

원래 오크 대전사와 오크 족장의 실력 자체는 네임드 플레이어에 준할 정도로 뛰어났다.

그렇지만 머릿수 자체가 적었고, 하위 네임드 플레이어는 몰라도 상위 네임드 플레이어를 상대하기는 역부족이었기에.

그동안은 네임드 플레이어와 랭커 플레이어 들이 나서면 금방 죽어 나갔다.

그런데.

상황이 반전되었다.

방금 전 포효로 인해 네임드 플레이어와 랭커 플레이어 들은 약간의 타격을 받은 반면.

오크 대전사와 오크 족장의 경우는 오히려 전투력이 상승했기 때문이다.

거기다.

"쿠워어어억!"

5~6미터 정도의 체구를 가진 거대한 오크 세 마리가 나타나.

콰직! 퍼걱!

"아악!"

"괴, 괴물!"

네임드 플레이어와 랭커 플레이어 들을 무차별적으로 학살해 나갔다.

"이게 무슨?"

후방에서 전투를 지휘하고 있던 철혈제 브라굴 대공이 눈을 부릅뜨며 자리에서 벌떡 일어났다.

오크 따위가 저렇게 강할 줄은 꿈에도 상상하지 못했다.

"오크 로드와 오크 대족장입니다."

"엄청나게 강하군."

이미 오크라는 종의 한계를 뛰어넘은 듯 보이는 무위였다.

저런 존재를 내버려 뒀다가는?

아군의 피해가 기하급수적으로 커질 게 확실했다.

"내가 직접 상대하겠다! 가자!"

철혈제 브라굴 대공이 네임드 플레이어와 랭커 플레이어 들을 소집해 함께 직접 오크 로드와 오크 대족장을 상대하기 위해 나섰다.

여기에 따로따로 각개격파를 당하던 길드 소속의 타 차원 출신 네임드 플레이어와 랭커 플레이어 들도 합류했다.

그러자 순식간에 5백 명에 달하는 네임드 플레이어와 랭커 플레이어 부대가 만들어졌다.

"하압!"

철혈제 브라굴 대공이 최선두에서 있는 힘껏 검을 휘둘렀다.

꽈아아앙!

철혈제 브라굴 대공의 검과 오크 로드의 도끼가 정면으로 충돌했다.

그리고.

"커억!"

철혈제 브라굴 대공이 뒤로 밀려 났다.

'어떻게 오크 따위가?'

철혈제 브라굴 대공은 어처구니가 없었다.

아무리 오크 로드라고 해도, 고작 오크 따위가 자신을 밀어붙이다니?

'프랭크 왕국이 그냥 멸망한 건 아니군.'

그러나 철혈제 브라굴 대공은 혼자가 아니었다.

"공격! 공격하라!"

"와아아아!"

무려 5백 명에 달하는 네임드 플레이어와 랭커 플레이어들이 벌 떼처럼 오크 로드와 오크 대족장에게 달려들었다.

꽈앙! 꽈앙!

"커억!"

"아악!"

네임드 플레이어와 랭커 플레이어 들이 죽어 나가고.

"쿠워어어억!"

오크 로드와 오크 대족장의 몸에도 작은 상처들이 하나둘 늘어났다.

"이길 수 있다! 계속 몰아붙여!"

철혈제 브라굴 대공의 외침과 함께 네임드 플레이어와 랭커 플레이어 들이 더욱더 강력한 맹공을 퍼부었다.

그때.

"쿠워어어억! 로드를 위하여!"

"가서 인간들을 죽이자!"

사방에서 족히 20만은 넘어 보이는 오크들이 새롭게 등장해 사클란트 제국군을 향해 달려들었다.

"이런 젠장!"

철혈제 브라굴 대공이 얼굴을 찌푸렸다.

평소였다면, 오히려 좋아했을 것이다.

오크들은 좋은 경험치와 아이템 공급원이었고.

그 숫자가 많다면?

오히려 광렙을 할 수 있는 좋은 기회였으니까.

그러나 지금은 상황이 달랐다.

오크들이 평소보다 강해졌고.

오크 대전사와 오크 족장을 상대해 줄 수 있는 네임드 플레이어와 랭커 플레이어 들이 고작 세 마리의 오크 로드와 오크 대족장을 상대하기 위해 발이 묶여 있는 상황.

'네임드 플레이어와 랭커 플레이어 들을 뺄 여유는 없어.'

그렇게 되면?

그나마 유지하고 있던 팽팽한 균형이 깨져 버린다.

'어쩔 수 없다.'

철혈제 브라굴 대공은 일반 병력의 희생을 감수하더라도, 오크 로드와 오크 대족장을 먼저 제거하기로 결정했다.

일반 플레이어보다는 네임드 플레이어와 랭커 플레이어가 더 중요한 인적자원이었고.

오크 로드와 오크 대족장만 제거하면, 오크 무리가 다시 오합지졸로 돌아갈 것이라고 생각했기에 내린 결정이었다.

그리고 이 결정은, 꽤 잘 들어맞는 듯 보였다.

아군의 희생이 크기는 했지만, 그만큼 오크 무리의 숫자도 빠르게 줄어들고 있었고.

결정적으로.

"쿠어어억!"

오크 대족장의 양팔을 잘라 내며 승기를 잡는 데 성공했기 때문이다.

그때.

사아아악!

강력한 마기가 피어오르며, 오크 대족장의 잘린 양팔이 순식간에 다시 자라났고.

"쿠오오오!"

덩치가 1미터가량 더 커진 오크 대족장이 맹렬한 기세로 도끼를 휘둘렀다.

"이, 이게 무슨?"

철혈제 브라굴 대공은 적잖이 당황했다.

네임드 플레이어와 랭커 플레이어가 1백 명 가까이 죽어 나가며 겨우 잡은 승기가, 너무도 허무하게 날아가 버렸기 때문이다.

거기다.

꽈앙! 꽈앙!

'더 강해졌잖아?'

그것도 월등히 말이다.

'설마 오크 로드?'

오크 로드 한 마리를 견제하기 위해 전력의 절반 이상을 투입했다.

그런 상황에서 오크 대족장 한 마리가 오크 로드로 성장했다.

그와 동시에.

꽈아앙!

"아아악!"

"커억!"

"포위망이 뚫렸다!"

힘의 균형이 무너졌다.

"이익! 비켜라!"

분노한 철혈제 브라굴 대공이 다른 플레이어들을 밀치고 직접 오크 로드를 막아섰지만.

"버러지 같은 인간 놈! 죽어라!"

꽈앙! 꽈앙! 꽈앙!

오크 로드가 마기를 줄기줄기 뿜어내며 휘두르는 도끼질에.

"크윽! 킥!"

술에 취한 사람처럼 비틀거리며 뒤로 밀려 날 수밖에 없었다.

네임드 플레이어와 랭커 플레이어의 수가 빠른 속도로 줄어들기 시작했고.

사클란트 제국군 역시 오크들의 공격에 일방적으로 무너져 내렸다.

'이렇게까지 강해질 수 있다니.'

철혈제 브라굴 대공 역시 마족에 대한 기본적인 정보는 알고 있었다.

골드로드상단주 사에마알이 보내 준 정보 덕분이었다.

그러나.

'그래 봤자 하급 몬스터인 오크에 불과하다고 생각했건만.'

그래서 성벽을 끼고 방어를 하자는 의견을 묵살하고, 최대한 빠르게 프랭크 왕국의 영토를 수복하는 작전을 밀어붙였다.

이건 철혈제 브라굴 대공의 독단이 아니었다.

사클란트 제국의 황제와 귀족들 대부분이 같은 생각이었고.

그렇기에 속도전을 펼친 것이다.

철혈제 브라굴 대공은 방금 전까지 이 계획에 아무런 문제도 없다고 생각했다.

그간 전투에서 계속 승승장구했으니 당연한 결과였다.

하지만.

콰아앙!

"커억!"

오크 로드의 도끼질에 방패가 우그러지고.

콰직!

왼팔이 잘려 나간 지금은.

'오크를 너무 무시했어.'

그 생각이 180도 바뀌어 있었다.

"후퇴! 전군 후퇴하라!"

철혈제 브라굴 대공이 후퇴 명령을 내렸다.

그러나.

꽈앙! 꽈앙! 꽈앙!

칠흑빛 마기에 휩싸인 도끼질을 필사적으로 막아 내고 있는 철혈제 브라굴 대공에게는 몸을 뺄 여유가 없었다.

결국.

서걱!

오크 로드가 휘두른 도끼가 철혈제 브라굴 대공의 목을 베어 버렸다.

"쿠워어어억! 내가 인간들의 대장을 죽였다!"

오크 로드의 포효와 함께.

그나마 체계적으로 퇴각 중이던 사클란트 제국이 완전히 무너져 내렸다.

"철혈제가 죽었어!"

"대공이 죽었다!"

"도망쳐!"

"이대로 있다가는 오크들에게 다 죽는다!"

사기가 완전히 바닥으로 떨어진 사클란트 제국군이 개미 떼처럼 사방으로 흩어졌다.

"진형을 지켜서 퇴각하라! 이대로면 다 죽는다!"

지휘관들이 목이 터져라 외치며 플레이어들을 진정시키려 했지만.

"도망치자! 여기 있다가는 다 죽어!"

중소 길드 소속 플레이어들이 가장 먼저 떨어져 나가 몸을 피했고.

"제국군 놈들의 방패 역할을 하다가 죽을 수는 없지. 가자!"

거대 길드 소속 플레이어들 역시 재빨리 몸을 뺐으며.

"이대로 있다가는 우리만 죽어!"

"어차피 후퇴 명령이 떨어졌잖아! 도망치자!"

사클란트 제국의 정규군들과 제후국의 정규군들까지 무질서하게 후퇴했다.

승전을 할 때는 사클란트 제국의 정규군, 제후국의 정규군, 거대 길드와 중소 길드의 플레이어 등등이 하나로 뭉쳐진 군대의 단점은 보이지 않고 장점만 드러났다.

그러나 패전을 하자.

각자 소속이 다른 플레이어들을 긁어모아 만든 군대의 한계가 여실히 드러났다.

"모조리 죽여라!"

"쿠오오오!"

오크 무리가 무질서하게 후퇴하는 사클란트 제국군의 뒤를 쳤다.

본래 전쟁에서 가장 많은 희생이 발생하는 건?

전투를 벌일 때가 아니라 후퇴할 때였다.

마구잡이로 후퇴하는 사클란트 제국군의 피해는 기하급수

적으로 늘어났고.

그 결과.

"쿠오오오오!"

오크 대족장 하나가 엄청나게 짧은 시간 만에 오크 로드로 성장할 수 있었다.

죽은 플레이어와 오크 들이 많기도 했지만.

그보다는 플레이어들이 느낀 좌절, 공포 같은 마이너스한 감정이 엄청났기 때문이다.

전투 전에는 한 마리였던 오크 로드가.

무려 세 마리로 늘어난 것이다.

＊

'이미 늦었네.'

강현수는 골드로드상단주 사에마알을 통해 사클란트 제국 군에 휘하 지휘관을 투입시켜 놓았다.

그 덕분에 사클란트 제국군의 전황을 실시간으로 확인할 수 있었다.

그렇기에 사클란트 제국군이 오크 로드가 이끄는 오크 무리와 마주친 순간.

마룡 카라스를 소환해 하늘로 날아올라 전력으로 이동했다.

그러나.

'전투가 너무 빨리 끝났어.'

사클란트 제국군이 강현수의 예상보다 너무 허무하게 무너졌다.

거기다 무질서한 후퇴로 피해가 커져서.

'세 마리라.'

오크 로드가 무려 세 마리나 생겨나 버렸다.

'가능하려나?'

오크 로드 카쉬쿠가 있기는 했지만.

'아직 생전의 전투력을 회복하지는 못했어.'

변수가 있다면 광혈마녀 유카가 만든 누더기 골렘이었다.

오크 로드 카쉬쿠를 베이스로 만들었고.

골렘 합성 스킬을 통해 강화에 강화를 거듭한 덕분에.

'유카의 레벨보다 월등히 강한 골렘이 되기는 했지만.'

실제 오크 로드를 상대로 어느 정도 힘이 될지는 장담할 수 없었다.

'뭐, 어쩔 수 없지.'

사클란트 제국군의 피해를 줄이기 위해서라도.

오크 무리의 뒤를 쳐야 했다.

'이대로 내버려 뒀다가는 오크 로드가 더 강해질 거야.'

또 이번 기회에 마기의 구슬을 회수하지 못하면?

'오크 로드의 숫자가 계속해서 늘어난다.'

강현수가 결심을 굳히고.

'사단 소환.'

소환수들을 소환했다.

사아아악!

마력이 하나로 뭉쳐지며.

1만이 넘는 숫자의 소환수들이 모습을 드러냈고.

─오크들을 죽여라.

강현수의 명령과 동시에 소환수들이 일제히 오크들을 공격했다.

"우리도 갈게."

"먼저 간다."

휘이이익!

송하나와 투황이 마룡 카라스의 등 위에서 떨어져 내렸고.

파지지직!

콰콰콰콰!

칠흑빛 뇌전과 황금빛 오러를 뿜어내며 오크들을 쓸어버렸다.

"저도 투입시킬게요. 가라!"

광혈마녀 유카의 명령에.

휘이익!

마룡 카라스와 와이번을 이용해 공수해 온 골렘들이.

쿠웅! 쿠웅! 쿠웅!

우수수 지상으로 떨어져 내렸다.

콰직!

쿠워억!

육중한 덩치와 무게를 지닌 골렘들은 지상으로 내려가며 오크들을 쿠션 삼아 짓밟았고.

그 후.

쿠워어어어!

주변에 있는 오크들을 무자비하게 학살했다.

"뭐지?"

"쿠욱! 갑자기 어디서 이런 병력이?"

오크 로드들은 처음에는 당황했지만.

"다크 나이트다!"

"죽여라!"

"마족의 적!"

금세 상황을 파악했다.

강현수의 소환수들은 오크 로드를 노리지 않고 따로따로 활동하며 오크들의 숫자들을 줄여 나갔다.

특히 그중에서도 연대장급 소환수들의 활약이 대단했다.

거기다.

"쿠오오오!"

오크 로드 카쉬쿠를 베이스로 만든 누더기 골렘 역시 규격 외의 강함을 선보이며 오크들을 쓸어버리는 맹활약을 펼쳤다.

오크 족장과 오크 대전사 들이 아무리 몰려들어도.

송하나와 투황을 비롯한 연대장급 소환수와 누더기 골렘을 당해 낼 수가 없었다.

"내가 저놈을 맡겠다."

"나는 저놈을 맡지."

"흩어지자."

한자리에 뭉쳐 있던 오크 로드 셋이 사방으로 흩어졌다.

-가자.

강현수의 지시에.

휘이이익!

마룡 카라스가 맹렬한 속도로 지상을 향해 하강하며.

콰콰콰콰!

목표물로 삼은 오크 로드를 향해 브레스를 발사했다.

꽈아아아앙!

커다란 폭발이 터져 나왔지만.

"쿠워어억! 죽여 버리겠다!"

오크 로드의 화를 돋구었을 뿐 쓰러트리지는 못했다.

-크르르릉!

마룡 카라스가 오크 로드를 향해 거대한 입을 쩍 벌렸다.

"머리통을 박살 내 주마!"

오크 로드가 마기를 가득 담은 도끼를 마룡 카라스를 향해 휘둘렀다.

꽈아앙!

오크 로드의 도끼질에 마룽 카라스의 머리가 반쯤 터져 나갔다.

그 순간.

타악!

마룽 카라스의 머리 위에 자리하고 있던 강현수가 가볍게 몸을 날려.

휘익!

마룽 카라스를 공격하느라 자세가 뒤틀린 오크 로드를 향해 핏빛 오러에 휩싸인 검을 휘둘렀다.

다음 권으로 이어집니다